U0632211

国民阅读经典

"我知道什么"

——蒙田《雷蒙·塞邦赞》

〔法〕蒙田 著　马振骋 译

中华书局

图书在版编目(CIP)数据

"我知道什么"——蒙田《雷蒙·塞邦赞》/(法)蒙田著;马振
骋译. —北京:中华书局,2014.8
(国民阅读经典)
ISBN 978 - 7 - 101 - 10142 - 3

Ⅰ.我…　Ⅱ.①蒙…②马…　Ⅲ.随笔 - 法国 - 中世纪
Ⅳ.I565.63

中国版本图书馆 CIP 数据核字(2014)第 088211 号

书　　名	"我知道什么"——蒙田《雷蒙·塞邦赞》	
著　　者	〔法〕蒙　田	
译　　者	马振骋	
丛 书 名	国民阅读经典	
责任编辑	于　欣	
装帧设计	毛　淳	
出版发行	中华书局	
	（北京市丰台区太平桥西里 38 号　100073）	
	http://www.zhbc.com.cn	
	E-mail:zhbc@zhbc.com.cn	
印　　刷	北京天来印务有限公司	
版　　次	2014 年 8 月北京第 1 版	
	2014 年 8 月北京第 1 次印刷	
规　　格	开本/880×1230 毫米　1/32	
	印张 8¼　插页 2　字数 148 千字	
印　　数	1 - 8000 册	
国际书号	ISBN 978 - 7 - 101 - 10142 - 3	
定　　价	30.00 元	

出版说明

在二十一世纪的当代中国，国民的阅读生活中最迫切的事情是什么？我们的回答是：阅读经典！

在承担着国民基础知识体系构建的中国基础教育被功利和应试扭曲了的今天，我们要阅读经典；当数字化、网络化带来的"信息爆炸"占领人们的头脑、占用人们的时间时，我们要阅读经典；当中华民族迈向和平崛起、民族复兴的伟大征程时，我们更要阅读经典。

经典是我们知识体系的根基，是精神世界的家园，是走向未来的起点。这就是我们编选这套《国民阅读经典》丛书的缘起，也因此决定了这套丛书的几个特点：

首先，入选的经典是指古今中外人文社科领域的名著。世界的眼光、历史的观点和中国的根基，是我们编选这套丛书的三个基本的立足点。

第二，入选的经典，不是指某时某地某一专业领域之内的重要著作，而是指历经岁月的淘洗、汇聚人类最重要的精神创造和知识积累的基础名著，都是人人应读、必读和常读的名著。我们从中精选出一百部，分辑出版。

第三，入选的经典，我们坚持优中选优的原则，尽量选择最好的版本，选择最好的注本或译本。

我们真诚地希望，这套经典丛书能够进入你的生活，相伴你的左右。

中华书局编辑部
二〇一二年四月

蒙田说："我知道什么？"（代序）

　　离法国西南城市波尔多不远的一座城堡内，一张有天盖的大木床上躺着一位老人，处于弥留状态。他清醒过来时示意家人把邻居请来，按习俗向他们做最后的告别。还在弥撒声中要撑起身，体力不支倒下。那是 1592 年 9 月 13 日，"蒙田家族中第一个和最后一个，也是唯一一个带着蒙田姓氏超越时代的人"（茨威格语）与世长辞。

　　米歇尔·德·蒙田的祖辈原姓埃康，几代人在佩里戈尔地区的小城经营腌货和葡萄酒买卖。曾祖父拉蒙勤奋致富，购下附近一座庄园，包括蒙田城堡。父亲皮埃尔随弗朗索瓦一世国王远征意大利，后来获得蒙田领主封号，把城堡修葺一新，像一座真正的城堡。米歇尔诞生于 1533 年，父亲受文艺复兴精神影响，把襁褓中的儿子送往佃农家抚养，到三岁接回家，聘家庭教师让他接受拉丁语教育。父亲关心他，但不让他养尊处优；让他过上优裕的生活，但不许他养成纨绔子弟的习性；督促他读古典书籍，但不要他盲从权威。

米歇尔青年时代在图卢兹学法律，先后在佩里格和波尔多法院工作。1568年父亲去世，米歇尔作为长子，继承了蒙田城堡，从此以蒙田作为自己的姓氏。妻子弗朗索瓦兹·德·拉·夏赛澳1565年进门后，生了六个女儿，仅二女儿长大成人，其余俱夭折。蒙田没有子嗣。

1571年，蒙田才38岁，辞去公职。回到城堡过退隐生活，希望"投入智慧女神怀抱，在平安宁静中度过有生之年"。

蒙田没有显赫的家世，不是个历史人物，也没有做过惊天动地的大事业。我们只是从他留下的文章中，对他的生平事迹略有所知。但是他经历的时代却是法国历史上最动乱与险恶的时代。宗教战争在法国历时三十年，文艺复兴运动树立的道德价值经过长年战乱荡然无存。基督教新旧两派都以神的名义行反神之实，暴行得到当权者的怂恿与鼓动，一发不可收拾。绞杀、斩首、焚烧都发生在光天化日之下，司空见惯。

蒙田的后半生就是在这种打砸抢杀的氛围中度过的。人性内与生俱来的善与恶在极端条件下暴露无遗，也使他对人性有了极为深刻透彻的剖析。

除了1580年到意大利旅游一年又五个多月，1581—1585年两度担任两年一届的波尔多市市长，蒙田退隐后 21 年间，就是在城堡塔楼三层辟出的书房里写作。据他自己说，"……只是寄语亲朋好友作为处世之道而已。当他们失去我时，还能在书中看到我的音容笑貌，以此对我逐渐保持一个更完整更生动的认识"。

蒙田的很多随笔，归根结底是在谈论"我"。这个"我"也就是"人"，因为蒙田认为任何人的一生都包含了一个人生的全部形态。他不是从单纯的思辨和虚构出发，而是从自己的生活、他人的生活作为观察对象。他勤读多思，反省内心，关注世情，不断捕捉心灵的感受。他感悟写作过程中思想活跃，随时会产生原来并不存在于自己内心的想法。他说我完成了书，书也完成了我。

他从皮浪怀疑主义出发，提出这句千古名言："我知道什么?"根据人类天性与世界现实，研究"我们应该怎样生活"。他最出色之处，"是研究了可研究的事物，同时冷静地尊重不可研究的事物"（歌德语）。他不让好高骛远的道德规范与意识形态桎梏，约束人的天性在悲惨与屈从中过完一生。

他告诫世人，出生是偶然的，但本身是一种幸福。未来是不可知的。人的天性中有善有恶，不可能彻底消除与改变。哲学是安身立命的根本，理智是必要的，但要警惕它的局限性。人的行为变化无常，人与人更有差异；想象的弊端与理性的虚妄，都会妨碍人找到真理与公正。

他还说，一个人是由灵魂与肉体组成的，二者不可分离，也不可偏废，缺少了哪一部分，就是人生的死亡与毁灭。人既然活着，就必须面对死亡，要学习如何克服对死亡的恐惧。人既然行动，就必须预见失败，要学习如何接受失败的挫折。在社会中，就必须与人交往，要懂得接受不同的经验与习俗……凡此种种，蒙田无不用他那摇曳多姿的文笔，精细入微，去辨析闪烁的思维与飘忽的灵魂。

这位蒙田，表面看来不谙世务，然而在宏观问题上的前瞻性，今天读来着实令人佩服。在西班牙人征服南美洲后，他以辛辣的文笔鞭挞他们实施种族灭绝政策，虽然那时还没有出现"反人类"这样的词条。他不仅反对以自我为中心的优越人种论，还大胆提出人与人的差别不见得小于人与兽的差别；不但人与人要宽容尊重，人与万物也要和谐共处，这样在他之后的拉封丹寓言也就令我们更好理解了。

17世纪路易十三时代，有了对蒙田作品的文艺评论，当时批评声多过赞扬声。当时宗教战争已经结束，天主教钳制思想非常严厉。蒙田声称自己是天主教徒，但是其作品中对教会的迂腐、独断与堕落进行直率的批评。自由思想者又用书中的语言抨击当局。到了1640年宗教裁判所首先查禁了蒙田的书，1676年罗马教廷将其列为禁书，此后五十年间，蒙田的书在书市上销声匿迹。

罗马教廷的禁令直到 1854 年才撤销。在此之前，欧洲思想界伏尔泰、孟德斯鸠、狄德罗已经开始发声。伏尔泰说："亨利三世时代的一位乡绅，他是无知时代的学者，极端分子中间的哲学家，他用他的名义描述我的弱点与疯狂行为，这么一个人会永远被人热爱。"狄德罗说："在皮浪主义的信徒中，我们忘记还有蒙田……世界上只要还有人爱真理、爱毅力、爱朴实，就会去读他这部书。蒙田的作品是明智的试金石。"

然后要等到 19 世纪，法国文学评论家圣勃夫在洛桑文学院开课，提到蒙田，才使蒙田的著作开始真正得到世人赏识与积极评价。文学史上的大人物歌德、席勒、雨果、司汤达、拜伦、萨克雷、普鲁斯特等提到蒙田都满口赞词。

蒙田在四百多年前写的随笔杂文，在今日还像莎士比亚、塞万提斯、托尔斯泰、歌德的文学作品，充满生命力，得到学界、读书界的全面接受，这实在是个令人惊讶的现象。有人把他看作法国第一位政治家、第一位道德家。

读蒙田的作品，是愈读愈觉得他是个可以亲近与信任的人，他不是道貌岸然地出现你的面前，用纪德的话说，"他是另一个我"。他承认自己有七情六欲，不是道德完美、思想纯洁的人。他看不出人性能够改变，怀疑人能够做到真正平等。人生出来，世界已经定局，社会变革的艰难性令他望而却步……然而蒙田与人为善，实事求是研究与探索人性中的美与丑，提出自己的看法与主张，尊重他人的习俗与意愿，否定人与人相互敌视有任何积极价值。

蒙田认为，对于人最重要的不是认识自然，征服自然，而是希腊阿波罗神庙门楣上的那句箴言："认识你自己。"随后他扪心自问："我知道什么？"

目录

[Wo Zhidao Shenme]

第一节　唯有信仰才能窥测宗教的深奥精微

　　科学确实是一项非常有益的大事业。轻视科学的人只是说明自己的愚蠢，但是我也不会把科学的价值夸大到某些人所说的程度，比如哲学家埃里吕斯，他认为科学包含至高无上的善，科学本身可使我们明智和满足；我也不相信有人所说的，科学是一切美德之母，任何罪恶都是无知的产物。如果真是这样的话，倒是值得详尽论述一番。

　　长期以来我的家向有识之士开放，也以此颇有名声，因为我的父亲五十多年来主持这个家；弗朗索瓦一世国王崇尚文艺，他也沾了这份新的热诚，慷慨结交博学之士，延请在家，奉若圣贤神明，把他们的言论当作神谕；尤其他自己没有多少判断能力，也不比他的前辈具备更多的知识，更对他们尊敬和虔诚。我喜欢他们，但是我不崇拜他们。

　　这些人中间有皮埃尔·布奈，他当时是大名鼎鼎的学者，带了几位类似他这样的人物，到蒙田盘桓几日，跟我的父亲做伴，临去时送给他一部书，书名叫《自然神学，或称创造物之书》，雷蒙·塞邦著。父亲熟悉意大利语和西班牙语，这部书是用一种不纯粹的夹杂拉丁语的西班牙语写成的，布奈相信对父亲稍加指点就可读懂，他把这部书作为一部非常有用和适合时代的书推荐给他；因为那时路德的新见解开始风靡一时，旧信仰中的许多原则受到冲击。在这方面他有一条非常中肯的意见，从理性的推论出发，预测到这场风暴方兴未艾将会使可憎的无神论泛滥成灾；因为普通人没有智力对事物作出实事求是的判断，就会受表面的迷惑随波逐流。

对于涉及个人灵魂得救的宗教他们无限崇敬，可是一旦他们的勇气受到鼓励去蔑视和检验宗教的看法，怀疑和评审宗教的条条框框，他们也会很快对信仰中的其他信条表示怀疑；这些信条也会像他们已经动摇的信条那样，在他们的心中失去权威性和根基；他们不久也会像推翻暴政的桎梏那样，去推翻出于法律的权威性和对习惯的尊重而接受的其他各种约束。

　　　　从前愈怕的东西，如今踩得愈狠。

——卢克莱修

从此以后，他们再也不接受他们没有作过决定、没有表示同意的东西。

父亲在逝世前几天，偶然在一堆要销毁的废纸下发现了这部书，嘱咐我把它译成法语。翻译他这样的作家是一件乐事，因为他们的书都是言之有物。但是有些作家舞文弄墨，堆砌辞藻，就很难应付，尤其要用一种贫乏的文字表达他们的意思时，则是难上加难。对我来说这是一件新奇的工作。碰巧我有闲，又不能拒绝父亲的要求，只得勉力而为。这让他喜出望外，他还吩咐要把它付梓；那事在他故世以后才做到的。

我觉得这位作家的想象力非常美丽，作品写得颇有章法，目的很虔诚。因为有许多人，尤其是需要我们服务的太太们，都爱读这么一部书，我有时可以为他们解答难题，针对人家对它的两大责难进行辩护。他的目的是大胆和勇敢的。因为他企图从人文和自然两方面寻找理由，去建立和证实基督教的所有信条，驳斥那些无神论者。在这方面说实在的，他表现得那么坚定和出色，我认为不可能有人跟他匹敌，提得出更有力的论证。我觉得这部作品太丰富太美了，想不到竟出自一位默默无闻的作家之手。

我们知道他是西班牙人，两百年前在图卢兹行医。我以前向阿德里亚努斯·图纳布斯打听过这部书，他是个万事通；他回答我说，他相信这是从圣托马斯·阿奎纳斯托马斯·阿奎纳斯（Thomas Aquinas，1226—1274 年）——生于意大利的洛卡塞卡堡，中世纪最具权威的神学家和经院主义哲学家——作品中摘录的精华部分；因为，真的，唯有他这样博大精深的学者才具备这样的想象力。然而，不论写这部书和创立这些思想的是谁，总是一位非常了不得的、在各方面都是有成就的人（没有更多的论据就说塞邦不是这部书的作者，这是说不过去的）。

对这部作品的第一个责难，是基督徒利用人的道理来支撑他们的信仰是不对的。信仰要靠心诚、靠天恩对人的启发来得到的。这条责难里面包含一种虔诚，由于这个原因，要说服提出这个责难的人，我们必须和风细雨，满怀敬意。这最好由一位精通神学的人来做这项工作，而我对此一窍不通。

然而我个人认为，这么一件神圣高尚、远远超出常人智慧理解的事，就像上帝照亮我们心灵的真理一样，为了能在我们心中孕育和生根，还必须有上帝的协助、开恩和眷顾。我不认为人本身具备完成此项任务的能力。如果他们能够的话，那么在过去几个世纪以来，那么多高士贤哲、人中俊杰，不至于空发议论一直达不到这样的认识。唯有信仰才能窥测和领会我们宗教的深奥精微。但是这也不是说，利用上帝赋予我们的天然的和人体的工具来为信仰服务，不是一项非常美丽和可敬的事业。通过学习和思考去赞美、传播和丰富信仰的真理，是我们对上帝之赐予作出最好的用途，没有别的工作和计划更值得一名基督徒去做了，这也是不容怀疑的。我们不仅在智慧和灵魂上为上帝服务，还应该把身体也奉献给他。我们用四肢，用动作，用外在的东西去颂扬他。

信仰中注入我们全部的理智，但是始终不要忘了这一条，这种超自然神圣的奥秘，不是靠我们、也不是靠我们的努力和论断能够知晓的。

如果信仰不是出于特殊的天赋，而是通过理念和人力来接受的，这种信仰达不到尽善尽美的境界。当然我看我们还是只能通过这条道路享受信仰的乐趣。如果我们通过一种虔诚的信仰皈依了上帝，如果我们是通过上帝而不是通过我们自己皈依了上帝，如果我们的立足点与基础都是以神为主的，人的困扰就会失去原有动摇我们的力量。我们这座堡垒不会因微弱的炮火一击就拱手让人；新奇的追求，权贵的淫威，派别的建立，我们的意见急剧随意的改变，决不会动摇和改变我们的信仰，我们不会因听到了新颖的论据，在巧言善辩的人劝说下信仰发生混乱。我们在风口浪尖坚定不移。

像一块巨石屹立水中，
顶住袭击的风浪，
击碎四周咆哮的波涛。

——佚名

这道神圣的光一照到我们，到处明亮，不但我们的语言，还有我们的行动也都晶莹透彻。我们所做的一切，都染上了这份崇高的光明。实施他的学说虽说是艰苦卓绝，人间各种学派没有一个信徒不是以此指导自己的行为和生活；然而基督徒对于这些天条圣训仅是停留在口头上，我们应该觉得羞耻。

你们愿意看一看吗？把我们的生活风俗跟一名异教徒相比，我们就及不上他们。从我们宗教的长处来说，我们应该出类拔萃，使其他人望尘莫及；大家不是常说："他们就是那么公正，那么仁慈，那么善良吗？那么他们是基督徒了。"其他的表现在一切宗教中都是相同的：希望、信任、节日、仪式、补赎、殉道。我们的真理的特点是我们的德行，它也是最接近天道的标志，也是真理的最艰难、最可贵的成果。好心的圣路易这样做是很有道理的：那位鞑靼国王皈依基督教后，计划到里昂来吻教皇的脚，亲眼目睹我们风俗中的圣贤流韵，圣路易再三劝阻，害怕我们漫无节制的生活使他对神的信仰大失所望。

然而后来有一个犹太人却出于相反的原因皈依天主教。这个犹太人为了同样目的到罗马去，看到那个时期神职人员和老百姓的生活放荡，更坚定他留在教内的决心，认为在这些堕落和罪恶的人中间保持宗教的尊严和辉煌需要多大的力量和虔诚。

"你们若有信心像一粒芥菜种，就是对这座山说，你从这边挪到那边，它也必挪去。"《圣经》上这样说，我们的行动若受到神灵的指引和陪伴，就不只是人的行动了，它们像我们的信仰包含神奇。"你若有信仰，如何过光荣幸福生活的教导说来就简单了。"

（昆体良）

有的人要大家相信他们对自己不相信的东西是相信的。有的人——占大多数——要自己相信自己是相信的，然而不知道深入探究什么是相信。

我们觉得奇怪，在这兵荒马乱的年代，我们对事件发生和事态变化都已习以为常了。这是我们只用自己的眼光来看这些问题。所谓正义在交战的一方，这只是一种装饰和掩盖；在战争中援引正义，但是正义并没有得到他们的接受、欢迎和信守；正义就像律师嘴里的字眼，不是信徒心中的信仰。上帝对信仰和宗教，而不是对我们的情欲给予神奇的帮助。人占了主导地位，在利用宗教。事情应该颠倒过来。

不妨想一想，如果宗教掌握在我们的手里，岂不像用蜡去塑造多少不同的形状，跟不偏不倚的尺度是格格不入的。今天在法国这样的事看得还不够多吗？有的人这样解释，有的人那样解释，有的人说成是黑的，有的人说成是白的，然而都同样在利用宗教去完成暴力和野心的事业，在行为暴戾和不义方面如出一辙，他们使人怀疑，他们在决定我们的生活行为和秩序等大事上是不是像他们说的那样有分歧？即使在同一个学派内，又何曾看见过更为协调一致的做法？

还可以看一看我们是多么厚颜无耻地玩弄神圣的学说，又多么亵渎神圣地根据政治风暴中变幻不定的命运，时而抛弃，时而接受。这条庄严的宣言：为了保卫自己的宗教信仰，臣民可以拿起武器反抗他们的君王。首先让我们想一想，仅在去年哪一方把"赞成"作为本派的支柱，哪一方把"反对"作为本派的支柱，再来看看现在说这些"赞成"和"反对"的人又分属于哪个阵营；为这项事业是不是比为另一项事业少动干戈。有人说真理应该忍受我们需要的桎梏，我们就判处这样说的人火刑。在法国做的比说的又要坏多少？

还得说一说这个事实：即使从一支合法的、温和的军队中去抽调纯属出于宗教热诚而冲锋陷阵的士兵，再抽调了保护国家法律或效忠君王的士兵，他们凑不成一个完整的连队。在公众服务中保持同样意志和同样进取心的人怎么竟会那么少？我们看到他们一会儿踱方步，一会儿快马加鞭；同是这些人一会儿粗暴贪婪，一会儿冷酷懒散，要不然就是在个人的和一时的利益驱使下蛮干，把我们的事情弄糟，这又是为什么呢？

我也看得很清楚，我们只愿意实施满足自身情欲的宗教责任。没有一种仇恨像基督徒的仇恨那么深。我们在通向仇恨、残酷、野心、贪婪、诽谤、反叛的斜坡上劲头十足，若反过头来，除非出现奇迹生来就是好脾性，没有人会朝善意、宽容和节制的道路直奔而去。

我们创立宗教是为了剔除罪恶，而现在却在遮盖罪恶，培养罪恶和鼓动罪恶。

俗语说："不要把麦芒当麦子献给上帝。"如果我们相信他——我不说出于虔诚，而是出于一种普通的信仰（我说这话会叫大家惭愧）——如果我们相信他，对他像对其他历史事件或一名同伴那样熟悉，为了他的无比慈爱和慷慨，我们就会爱他胜过爱任何其他东西，至少不亚于爱财富、玩乐、光荣和我们的朋友。

我们之中的佼佼者害怕得罪他的邻居、亲戚、主人，却不怕得罪上帝。一边是堕落恶习的追求，一边是不朽光荣的向往，两者同样熟悉，同样诱人，然而谁头脑那么简单，会用欢乐去交换光荣呢？往往我们对两者都嗤之以鼻，要不是冒犯本身的乐趣吸引我们去亵渎神圣，还有什么别的乐趣呢？

有人向哲学家安提西尼斯传授俄耳甫斯的神秘教义，教士对他说，那些加入这个宗教的人，将在死后享受永久的至乐，安提西尼斯回答说："那你为什么不自己去死呢？"

第欧根尼说话历来唐突，这是他的一贯作风，一名教士也向他说教，加入他的宗派可以得到另一个世界的赐福，他说："你是要我相信，阿格西劳斯和伊巴密浓达那些伟人下一世都很悲惨，而你这头水牛就因为当了教士而活得非常称心？"

这些得到至福的庄严许诺，如果换成了一种哲学课题而为我们所接受，我们觉得死就不会像现在这么可怕。

临死不再哀叹自己的消亡，

而会像蛇蜕皮或鹿换角，

那么高兴地离去。

——卢克莱修

有人说："我情愿离世与基督同在。"柏拉图宣扬灵魂不灭，慷慨激昂，诱使他的几名弟子寻死，为了及早享受他暗示的希望。

这一切是一个非常明显的例子，我们完全依照自己的方式，通过自己的手来接受我们的宗教，其他宗教也是这样得到接受的。我们都是偶然出生在信仰这个宗教的国家里，或者是我们尊重和维护先辈的宗教传统和权威，或者是我们害怕宗教宣扬的不信教会遇到的威胁，或者是追随宗教的许诺。那些考虑对我们的信仰起了作用，但只是补充作用，这些都是人与人的关系。在另一个地区，另一些人，用相似的许诺和威胁，可以使我们沿着同样的道路信仰另一个完全对立的宗教。

我们做了基督徒，我们同样也可以做佩里戈尔人或日耳曼人。

柏拉图说，坚决不信神的人很少，遇上紧急的危难谁都会承认神的威力，这不是一位真正的基督徒的作为。凡人的行为所能接受的宗教，只是一些凡人的宗教。人心卑下或懦弱时而抱有的信仰会是一种什么样的信仰呢？只是因为没有勇气不信而相信的信仰又是多么轻松的信仰！一种不良的情欲，如反复无常，惊慌失措，能使我们的心灵正常吗？

柏拉图说，人通过理性的判断，认识到一切有关地狱与来世的苦难都是无稽之谈。但是随着老年或疾病，他们面临死亡愈来愈接近时，想到死后可怖的情景内心充满恐惧，又会有了信仰。

因为这些渲染会使人丧失勇气，柏拉图在他的《法律篇》中绝口不谈这类的威胁，深信神不会给人造成任何苦难，即使有苦难降临，也是为了人的最大好处，有一种治疗效果。

他们还谈到皮翁的故事，他受了狄奥多罗斯的无神论的毒害，长期来嘲弄这些宗教人士，但是当死亡临近时，他变得极端的迷信，仿佛神是按照皮翁的意愿消失和出现的。

柏拉图和这些例子要得出这样的结论，我们皈依上帝，或是出于爱，或是出于迫不得已。无神论作为一种学说好像是荒谬和违反自然的，尽管势头凶猛和难以驾驭，很不容易在人心中生根；有不少人由于虚荣心或自豪感，对世界表示一些高尚和改革的想法，从容沉着地宣扬无神论，虽然他们非常大胆，却没有力量在自己的良心上坚信不疑。你在他们的胸前捅上一剑，他们绝对不会不合拢双手举向天空。当畏惧或疾病打掉他们无法无天的狂热时，他们必然回心转意，悄悄回到公认的信仰和习俗。认真探讨的教义是一回事，肤浅的浮想又是一回事，那是来自某个人的想入非非，漂移不定，漫无边际。可怜和没有头脑的人，他们妄图当个乱世英雄却又做不到！

柏拉图的伟大心灵究竟只是从人的高度来说是伟大的，由于信奉异教的错误和对神圣的真理的无知，他犯了另一个相似的错误，认为更容易接受宗教的是儿童和老人，仿佛宗教是因人的蒙昧而创造和发扬光大的。

联结我们的判断和意愿的纽带，使我们的灵魂靠近创造主的纽带，这个纽带的伸缩和力量不应该来自我们的考虑、我们的理智和情欲，而来自神圣的和超自然的牵动，只有一种形状、一张脸和一团光辉，那是上帝的权威和圣宠，我们的心和灵魂一旦受信仰的支配，身子的其余部分都相应调动，依照各自的能力为信仰服务。这是理所当然的。所以没法相信地球上没有留下这位伟大的建筑师鬼斧神工的痕迹，世界万物中没有按照创造主塑造的某些形象。他在这些崇高的创造物中注入了神性，只是我们愚昧才没有能够发现。

上帝亲口对我们说他通过可见的事物来表达他的不可见的工作。塞邦从事这份有价值的研究工作，向我们指出世界上无物不显示上帝的存在。如果宇宙不符合我们的存在，那就是违背了上帝的善意。天、地、元素、我们的肉身和我们的灵魂，一切物质在这一点上是一致的，只要找到使用它们的方法。如果我们能够领会的话，它们会开导我们。因为这个世界是一座非常圣洁的神庙，人得到引导进入里面凝视神像，这些神像不是凡人的手创造的，而是受到神灵感应的手创造的；太阳、星辰、河流和土地，使我们通了灵性。圣保罗说："自从造天地以来，神的永能和神性是明明可知的，虽是眼不能见，但凭藉所造之物就可以晓得，叫人无可推诿的。"

上帝对着大地敞开天空，

让天空不断地在我们头上旋转，

显示上帝的面孔，把灵气灌输在我们身上，

为了我们认清他，

学习他的步伐，注意他的法则。

——马尼利乌斯

　　我们人的理智和观念，就像沉重和贫瘠的物质，上帝的圣恩是表现形式，是圣恩给了它们形状和价值。苏格拉底和加图的种种德行，因其目的中不包含对万物的真正创造主的爱和服从，不承认上帝，都是徒劳和无益的。我们的想象和观念也是如此；它们有一定的实质，但是不包含上帝的信仰和圣恩，就是一堆不成形、没有样子、没有光明的物体。塞邦的论据有了信仰才有声有色，四平八稳，他的理论可以给新入教者当作指引，让他走上认识的道路；经过理论的塑造，能领会上帝的圣恩；我们的信仰是通过圣恩后才建立和完善的。

　　我认识一位很有声望的文人，他向我承认通过塞邦的理论介绍，他改正了无宗教信仰的错误。即使你摒弃理论中的花絮部分和信仰宣扬部分，把它们纯然看作是人的观念，而去驳斥那些不信教跌入可怕黑暗深渊中的人，还是比任何其他人提出的同类理论更为扎实和坚定，以致我们可以这样对我们的对手说：

> 你有更好的理论，请说出来。不然就接受我们的权力。
>
> ——贺拉斯

他们要么承认我们的论据的力量，要么在其他地方针对其他问题提出内容有条有理的论据。

我已经不知不觉提到了我欲为塞邦回答的第二个责难批评。

有的人说他的理论软弱无力，无法用来论证他的要求，他们还准备轻易地动摇这些理论。对这些人要更加严厉驳斥，因为他们比前一种人更加危险和狡猾。人很乐意按照自己的偏见去理解其他人著作的含义，无神论者爱把任何作者的书往无神论上拉，用他自己的毒汁去毒化无辜的内容，那些人的判断带有偏见，把塞邦的理论说得平淡无奇。他们还觉得现在他们自由自在，用纯属是人的武器去攻击我们的宗教，他们决不敢去攻击充满威严和戒律的宗教。

我觉得要扫除这种狂热最有效的方法，是打落人的骄傲和自负，踩在脚下，让他们感到人的虚妄、虚荣和虚无；从他们手中夺过人的拙劣的理性武器，叫他们在上帝的神威和权力面前低首下心。知识和智慧只能属于上帝，只有他能对自己作出评价，只有他能赋予我们值得骄傲的有价值的品质。

> 因为上帝不允许他人骄傲自大。
>
> ——希罗多德

打倒这种想法——这是恶魔暴政的主要基础。"神阻挡骄傲的人，赐恩给谦卑的人。"（圣彼得）柏拉图说，智慧存在于众神之中，很少在凡人之中。

但是基督徒还是应该感到不小的安慰，看到自己腐烂易朽的工具多么适用于神圣的信仰；若说把工具使用于腐烂易朽的事业上，它们才不会那么密切结合，蕴藏那么大的力量。不妨看一看，人在他的能力范围内是否能提出比塞邦更强有力的理由，甚至人是否会通过论证和推理达到确实的信仰。

圣奥古斯丁在驳斥这些人时，有理由责备他们的不公正，因为他们把人的理智怎么也不会理解的那部分信仰说成是虚假的。为了指出许多东西，虽其本质与原因难以按人的理智去探究，还是存在的或是以前存在过的，他列举了某些公认的、无可回避的、然而人人承认无法进行解释的事实。这一切像其他事一样都经过细致周到的研究。还应该做的是提醒这些人，要说明我们理智弱点的例子举不胜举，理智是那么有缺陷和盲目，再明白的事理对它也是不够清楚的，易与难也混淆不清，因而一切事物和大自然对于它的失误与公正都同样不以为意。

真理劝说我们躲开人间的哲学，谆谆教导我们说我们的智慧对神来说却是愚拙；所有的虚荣中最虚荣的是人；人以为自己知道什么，按他所当知道的，他仍是不知道。人若无有，自己还以为有，就是自欺；这是在劝说我们什么？圣灵的这些话非常明白生动地表达了我要说的话，我不需要其他论点来驳斥他们，他们必然会顺从谦卑地接受他的权威。但是这些人只愿意自我鞭挞，不愿意别人用理智来清算他们的理智。

让我们这时想一想孤独的人，没有外援，赤手空拳，得不到上帝的圣恩和眷顾，因而也没有形成他本身的尊严、力量和基础。让我们看一看他这副模样能够存在多久。人引经据典地要我理解，人觉得自己大大胜过其他创造物是多么有根有据。然而是谁说服他相信，一望无际的美丽天空，终年流转不息的日月星辰，无垠海洋的惊涛骇浪，从开天辟地以来是为了人类的便利和福祉而存在的？这个可怜脆弱的创造物，连自己都不能掌握，受万物的侵犯朝不保夕，却把自己说成是他既没有能力认识、更没有能力统率其一小部分的宇宙的主宰，还有比这个更可笑的狂想吗？人还自称在茫茫太空中唯有他独一无二，唯有他领会宇宙万物的美，唯有他可以向创造主表示感恩，计算大地的得失，这又是谁给了他这个特权？请他向我们出示这份光荣显赫的诏书吧。

这些诏书是不是只发给了贤人？那么收到的人不会太多。愚人与坏人配不配有这份特殊的恩宠，他们居于社会底层，是不是比大家更应得到眷顾？

我们去相信这个人说的话么："要问世界是为谁创造的呢？自然是为那些头脑灵活，善用理智的人创造的；他们是神，是人，肯定是最完善的创造物。"（巴尔布斯）这种荒谬的提法，我们怎么否定也不会过分的。

但是，可怜的人，他身上究竟有什么值得享受这样的特权呢？仰观天体这些不朽的生命，它们那么壮丽华美，它们那么有规律地运转不息：

> 当我们举目凝视广垠的苍穹，
> 星光闪烁中的以太；
> 当我们思索日月的运转。
>
> ——卢克莱修

想到这些天体不但主宰我们的生命和我们的时运，

> 因为人的行为和生命都取决于日月星辰。
>
> ——马尼利乌斯

还主宰我们的爱好、我们的推理、我们的意志；它们的影响可以任意摆布万物，我们的理智也是这样告诉我们和这样感觉的。

> 理智承认遥遥相望的星辰
> 通过秘密的法则支配着人，
> 地球通过有序的行动旋转，
> 命运的变化也受这些信号调节。
>
> ——马尼利乌斯

星辰稍一转动，不但是一个人，不但是一位国王，就是王朝、帝国、整个尘世都随着变化，

> 这些不觉察的行动会产生极大的效果
> 甚至可以对国王发号施令！
>
> ——马尼利乌斯

如果我们的德行，我们的罪恶，我们的能力和知识，还有我们对星辰力量的理解，把星辰跟人类相联系，以上这些从我们的理智来判断，都是通过星辰的启发和恩赐而来的。

> 一个人怀着疯狂的爱，

跨过海洋摧毁了特洛伊，

另一个人的命运是制订法律；

这里有孩子杀害父亲，父母杀害子女；

兄弟进行阋墙之争，

这场战争不取决于我们，

命运强迫人闹得天下大乱；

如果我谈到命运，那也是从命运而来的。

——西塞罗

如果是天赐予我们这份理智，我们这份理智如何能与天相比呢？如何把天的精神和原则包容在我们的知识内呢？我们观察到天体内的东西叫我们吃惊。"是什么样的工具、杠杆、机器、工人，建成了这么一座壮丽恢宏的建筑？"（西塞罗）

我们怎么能说日月星辰是没有灵魂、生命和理智的呢？我们对它们除了服从以外并无其他交往，如何能认为天体是愚蠢的、静止的和没有感觉的呢？我们怎么能说，我们看到除了人以外没有其他创造物会运用理智呢？这是什么话！我们还见过类似太阳这样的东西吗？只因为我们没有见过就不存在吗？只因为我们没有见过太阳旋转，太阳就不旋转了吗？如果我们没见过的东西就不存在，我们的知识就大大地贫乏："我们的思想领域是那么狭窄！"（西塞罗）

像阿那克萨哥拉把月亮看成是天空中的一颗地球，上面还有高山河谷；像柏拉图和普鲁塔克，还在上面建立供人使用的住宅和殖民地，把我们的地球建成一颗发光明亮的星球，那些岂不是人的虚荣造成的幻象？"在人性的种种谬误中，还应该算上心灵的盲目性，不但使我们迷惑，还使我们执迷不悟。"（塞涅卡）——"会腐烂的身体拖住了灵魂，这个沉重的躯壳，压制了人的雄心壮志，把人留在地面上。"（圣奥古斯丁）

第二节 骄傲自负的人

　　自高自大是我们与生俱来的一种病，所有创造物中最不幸、最虚弱，也是最自负的是人。他看到自己落在蛮荒瘴疠之地，四周是污泥杂草，生生死死在宇宙的最阴暗和死气沉沉的角落里，远离天穹，然而心比天高，幻想自己翱翔在太空云海，把天空也踩在脚下。就是这种妄自尊大的想象力，使人自比为神，自以为具有神性，自认为是万物之灵，不同于其他创造物；动物其实是人的朋友和伴侣，人却对它们任意支配，还自以为是地分派给它们某种力量和某种特性。他怎样凭自己的小聪明会知道动物的内心思想和秘密？他对人与动物作了什么样的比较就下结论说动物是愚蠢的呢？

　　当我跟我的猫玩时，谁知道是它跟我消磨时间还是我跟它消磨时间？柏拉图在描述萨图恩黄金时代说，那时人的主要长处中有一条是他懂得与动物交流，从它们那里学到东西，知道每个动物的真正品质和特点；人由此养成一种充分理解和谨慎的态度，也使自己的生活过得远远比我们幸福。还需要更好的证据来说明人对动物的冒失行为吗？这位伟大的思想家赞成这个看法：大自然赋予动物的形体，大部分是作为预测使用的，以使人到时候可以利用它们预测未来。

动物与人不能交流，为什么不说成既是动物的缺点也是人的缺点呢？我们不能相互了解，这是谁的错也只能靠猜测。因为我们对它们的了解不比它们对我们的了解多。基于同样的理由，我们把它们看作动物，它们也可能把我们看作动物。我们听不懂它们的话，也不是什么大惊小怪的事，我们不是也听不懂巴斯克人和洞穴人的话吗？

可是有人自夸听得懂动物的话，如蒂亚那的阿珀洛尼厄斯、墨兰普斯、蒂勒西亚斯、泰勒斯和其他人。还据宇宙学家说，有的国家还有立狗做国王的，他们就必须对狗的吠叫和动作给予某种说明。我们应该注意我们之间的共同之处。我们对动物的意思有点了解，动物对我们的意思也有点了解，两者程度相差不多。动物喜欢我们，威胁我们，需要我们；我们对它们也是这样。

目前，我们显然发现它们之间的交流是全面充分的，不但它们同类之间如此，在不同类之间也如此。

　　不会说话的动物，甚至那些野兽，

发出不同的叫声

是表达畏惧、痛苦，或快乐。

——卢克莱修

马听到某种吠叫声知道狗在发怒，其他吠叫声听了不会害怕。还有不出声音的动物，从它们协调一致的工作来看，我们可以判断它们之间有其他交流的方法：它们的动作就是语言和商量。

就像不能说话的孩子

用手势补充自己无力的声音。

——卢克莱修

我们的聋哑人不就是用符号来吵架、辩论和讲故事的吗？动物为什么不可以这样做呢？我还见到有的人在这方面训练有素，实际上不需要什么就会让人家完全了解；谈情说爱的人生气、和解、求情、感谢、约会——总之表白一切事情，用的都是眼睛。

即使沉默本身

也会求情和说明意思。

——塔索

手难道不是这样吗？我们需要、答应、呼人、辞退、威胁、祈祷、恳求、否认、拒绝、询问、赞赏、计算、表白、后悔、害怕、难为情、怀疑、教育、下命令、促进、鼓舞、诅咒、作证、控诉、谴责、原谅、谩骂、轻视、挑战、气恼、谄媚、喝彩、祝福、屈辱、讥笑、劝解、嘱咐、激励、庆贺、享乐、埋怨、伤心、气馁、失望、惊奇、喊叫、不言不语……这一切不都是用变化万千的手势来表示的吗？就是舌头也不过如此。

我们用头表示：邀请、辞退、承认、否认、驳斥、欢迎、祝贺、尊敬、鄙视、要求、回绝、高兴、诉苦、抚慰、训斥、屈从、抗拒、煽动、威胁、保证、打听。还有眉毛呢？还有肩膀呢？没有一个动作不包含一种不学自明的语言和一种公众使用的语言；由于这跟其他的语种和用途不同，可以视作为人性的固有物。

我还没有提到人在特殊情况下突然需要学习的语言：如手指语言、姿势语言和依靠它们来完成和表达的学问，还有普林尼所说没有其他语言的国家。

阿布代勒城中的一位大使，向斯巴达的亚基斯国王发表长篇大论以后，问国王说："陛下，你有什么话要我带回去转达给我的人民？""我让你带回去的话，你怎么说也可以，说多久也可以，一个字也不用出声。"这岂不是最雄辩和最聪明的沉默吗？

总之，人的哪一种长处不可以在动物的行动中找到？还有什么比蜜蜂的工作更加按部就班有条不紊的？这种各司其职、密切配合的协作，我们怎么能够想象没有理智、没有策划也可以进行的呢？

> 看到这些信号和例子，
> 有人说蜜蜂心中
> 藏有神性和灵气。

> ——维吉尔

还有燕子到了春天飞回来，在我们房屋的各个角落探测，在千百个地方寻找和选择最适宜筑窝的地方，难道是没有判断和识别力的吗？再看那些美丽迷人的鸟窝结构，这些飞禽选择一个方框而不是一个圆框，选择一个钝角而不是一个直角，难道不明白其中的特点和效果吗？它们有时含水，有时含泥，难道不知道泥掺上水会发软吗？它们在窝里铺上青苔或绒毛，难道不是预见到小鸟的细爪子躺在上面更加舒适柔软吗？它们把窝筑在东方，避风遮雨，难道不知道各种风有各种风的情况，某种风比另一种风更有益于鸟的成长吗？为什么蜘蛛织网一处厚而另一处薄？在这个时刻打这样的结而不打那样的结，难道它们会不讨论、不思考和不下结论吗？

在大多数生物工程中，我们看到足够的例子，说明这些动物的智慧超过我们，我们的技术无法模仿它们。我们运用全部的心智和技巧，做出来的东西还是不及它们的细致。为什么我们做不到它们那样？为什么我们把超越我们天赋和技能的工作，归结于什么无法理解的天然性和盲目性呢？

这样，我们无意中承认了它们比我们优越得多，大自然像慈母一样，在生活各方面和各种场合陪伴它们，携着手指引它们；大自然对我们则任其自生自灭，要我们为了求生存费尽心计去做一切。就是靠勤奋和用心也不让我们达到动物生来就有的本领，就是它们的鲁钝愚昧也远远超过我们的天赋智慧。

说实在的，在这方面，我们有理由说大自然是一个非常不公正的后娘。但是这没关系。人的组织不是完全杂乱无章的。大自然把所有创造物放在一个宇宙内；没有一个创造物不充分具备为了自身生存而必需的手段。

大家的意见众说不一，时而把人捧到九霄云上，时而把人贬得无地自容；但是我听到人的普遍抱怨是：我们是唯一的动物，赤裸裸地被抛弃在赤裸裸的土地上，四肢受到束缚，没有武器自卫，只靠其他动物的皮毛蔽体；而所有其他创造物，大自然都根据生存的需要，赐给它们贝壳、厚皮、毛发、羊毛、针芒、裘皮、茸毛、羽毛、鳞片、浓毛、丝；给它们装上尖爪、利齿、长角，作为冲击和自卫之用；还教它们必需的本领，泅水、飞翔、唱歌；而人一出世既不会走路，也不会说话，也不会吃，倒是天生地会哭：

孩子，当大自然用力把他拉出母胎，

让他看到天日，像被波涛抛上了海滩的水手，

赤身裸体躺在地上，

说不出话，没有生路。

他的哀哭声响彻空中，

就像知道人生中要承担多少苦难！

然而家畜和野兽都会成长；

不需要玩具，也不需要

慈祥奶妈的温柔话；

不用根据季节换衣服，

不需要武器，不需要城墙保护财产，

既然大地本身

和丰盛的大自然提供一切。

——卢克莱修

这些埋怨是不对的，世界的结构中包含更大的平等和更和谐的关系。

我们的皮肤也跟动物的皮肤同样坚实，足可抵御岁月的侵蚀；有许多国家还没有使用衣服，可以为证。我们古代高卢人穿得很少；我们的邻居爱尔兰人，居住地的气温要冷得多，也是如此。

但是我们通过自己还判断得更准确：我们喜欢暴露在空气和

风中的肉体部位，根据习惯的需要，如面孔、脚、手、大腿、肩膀、头，证明都是可以忍受寒冷的。我们身上也有虚弱的部位，好像特别畏寒怕冷的应该是进行消化的胃部，我们的祖先是让胃袒露的；而我们的女性尽管娇嫩柔弱，有时身上衣服忽隐忽现，挂在肚脐眼上。儿童也没必要全身裹扎；斯巴达的母亲抚养孩子，让他们四肢自由活动，既不扎紧也不弯曲。我们出生时哭，其他大部分动物出生时也哭；即使出生后很久，哭泣呜咽的也不在少数；尤其这种姿态跟他们感到虚弱无力是相一致的。至于要吃，那是我们人和动物都不用教授的天性。

> 每个创造物都感到自己的天性与力量。
>
> ——卢克莱修

谁会怀疑一个孩子到了自食其力的阶段，不知道自己觅食的呢？地上不需要种植和技术就盛产果实，足够供应他的需要，虽然土地不是一年四季都有出产，但是对动物是不缺乏的。我们看到蚂蚁和其他动物都有储粮度过一年中的无收成季节。我们不久前发现的这些国家①，不用细心管理，肉类和天然饮料就那么丰富，比比皆是；我们从那里获悉面包不是人类唯一的食品，不用

---

① 指美洲新大陆。

耕种大自然母亲就使我们应有尽有；好像那里的出产比我们现在用上技术的时代还要富饶丰裕。

> 土地自发为人类生产
>
> 发亮的谷物和晶莹的葡萄；
>
> 奉献甜蜜的水果和茂盛的牧场，
>
> 如今要苦心经营才勉强长出庄稼；
>
> 耕牛和农民在上面干得气喘吁吁。
>
> ——卢克莱修

我们的贪婪无度超出我们为了满足需要而获得的所有成就。

至于武器，我们掌握的天然武器比大多数的动物多，肢体动作也更多，生来不用学习就可以做许多事情；那些受过裸体搏斗训练的人，也像我们那样奋不顾身去冒险。如果有的野兽这方面超过我们，我们却也超过许多别的野兽。我们生来还有强身护体的本领。

不错，大象准备战斗时磨尖长牙（它的长牙是专为搏斗备用的，平时决不作其他用途）；当公牛前去交锋时，周围扬起尘埃；野猪磨得牙齿锐利，要跟鳄鱼决斗时，还在全身涂上厚厚的污泥，干燥后像一层铠甲。为什么不能说这跟我们用木头和铁器武装自己同样自然呢？

至于说话，如果不是天生的当然也就不是必需的。可是，我们相信，一个孩子若出生在荒野之中，远离人间交往（虽然这样的事很难验证），还是有某种语言表达他的意思的；大自然把这个能力给了其他许多动物而不给人，这是不可相信的。因为我们看到它们发脾气，表示高兴，相互求助，邀请做爱，用的也是声音，这种才能不是语言，那是什么？它们跟我们说话，我们跟它们说话，它们之间怎么会不说话呢？我们有多少方法跟我们的狗说话？狗都会回答我们。我们跟它们与跟鸟，跟猪，跟牛，跟马都有不同的语言、不同的叫声，按照物种不同而有不同的表达方法：

> 黑压压一大堆蚂蚁，
>
> 有几个走到中间，可能在打听
>
> 行走的路线和得到的食物。

——但丁

我觉得拉克坦希厄斯说过动物不但会说话，还会笑。我们的住地不同，语言也不同，动物也有这种情况。亚里士多德提出山鹑因栖息地不同，歌声就有区别。

> ……许多鸟
>
> 根据季节不同叫声也不相同，

有的鸟因气候的变化

声音会变粗。

——卢克莱修

　　但是荒野中成长的孩子会说什么样的语言这就难说了。靠猜测则没有多大意义。如果有人对于这点不以为然，向我提出天生的聋哑人不会说话，我要回答的是这不但是因为耳朵没有受过语言的训练，更在于他们失去的听觉能力是跟语言能力相通的。这两种能力在生理上密不可分，以致我们要说的话，首先应该对我们自己说，让声音进入我们的耳膜，然后才能进入其他人的耳膜。

　　我说这话是强调人间的事是相通的，把人类融入到大环境中。我们并不高于也不低于其他创造物。贤人说，在日光之下的一切接受同样的法则和祸福。

　　一切都处于自身的锁链和命运的束缚之中。

——卢克莱修

这里面有区别，有不同的等级和程度；但是大自然的面貌是相同的。

　　每种创造物都有自己的发展规律，

个个又遵循大自然确定的法则。

——卢克莱修

人也应该限制和安排在这种法则范围内。可怜的人也不能越雷池一步；他受到束缚和阻碍，跟同类的其他创造物一样服从相似的义务，享受一般的条件，没有真正和主要的特权和优待。人对自己想入非非，既无实质也无意味，说来也是，动物之中唯有人有这种想象的自由，不着边际地对自己提出什么是，什么不是，什么要，什么不要，真真假假——这是人的一个长处，得来不易，但是不必为之兴高采烈，因为正由此产生了痛苦的源泉，使他困扰不安：罪恶、疾病、犹豫、骚乱、失望。

为了回到我们的话题，我要说的是，认为动物做事是天性使然和迫不得已，而我们做事是通过选择和经过思考，这是没有道理的。我们应该下结论说，相似的效果出于相似的天赋，因而也必须承认，我们在工作时有推理和方法，动物也有推理和方法。为什么我们要想象动物有这种天生限制，而我们自己没有限制呢？

此外，受到天性的指引而走正道做正事，这更接近上帝，比仓促任意地自由行事更加光荣，我们的行为由上帝指导比由自己指导更加可靠。妄自尊大的虚荣心使我们更愿意把我们的知识归于自己的努力，而不是上帝的慷慨；说到其他动物多亏得到了先天的好处，而自己全凭后天的才能而显得高贵荣耀；我觉得这纯然是天真幼稚的想法，从我个人来说，我看重与生俱来的品质，也看重我通过学习讨教得到的素养。舍上帝和大自然的恩泽而要得到更好的人生指导，这不是我们之力所能做到的。

因而，色雷斯的居民要通过一条水面结冰的河流时，就把狐狸赶在前面引路。我们看到狐狸走到河边，把耳朵贴在冰块上，从水流声听出水面离冰块有多少距离，探测冰块的厚度，决定往后退或往前走，我们不是可以认为像我们所做的一样，狐狸也在动脑子推理吗？这是从天然感觉得出的推理和结论：有声音，表示有动静；有动静，表示没有结冰；没有结冰，表示水在流动；水在流动，就禁不住重量。若把这些仅仅归结于听觉的灵敏，没有推理，没有结论，这是胡说，我们不能这样去想。同样，我们捕捉野兽有种种做法，野兽也就有保护自己的种种诡计和创造。

如果我们有能力捕获野兽，驯服野兽，按照我们的意志利用野兽，就认为我们比它们优越，其实人与人之间也有这种优越。我们的奴隶也是听从我们使唤的。叙利亚女奴克利玛西特人不就是匍匐在地上，给贵妇人上马车时当脚蹬和阶梯使用么？大部分自由人为了蝇头小利为别人卖命，听任别人使唤。色雷斯人的妻妾争着要在丈夫的墓前殉葬。暴君从来不愁没有足够的人对他们忠心耿耿，还有人自告奋勇愿意在暴君死后像在生前那样侍候他们。

也有全军士兵对他们的将领这样效忠的。严格的角斗学校内的角斗士还发表至死不悔的誓言，誓言中包括这样的承诺：我们发誓让人锁上镣铐，受火灼烧，用匕首刺杀，忍受他们的师傅要真正的角斗士忍受的一切；非常虔诚地为他奉献身体和灵魂。

> 你可用火灼烧我的头，
> 用刀剑捅破我的身子，
> 用鞭子抽裂我的背脊。
>
> ——提布卢斯

这是一种真正的义务，某一年有一万人起誓进入这所学校而没有出来。

当斯基泰人给国王举行葬礼时，他们在国王的尸体上掐死他最喜爱的王妃、他的司酒官、马厩总管、内侍、寝宫掌门官、厨师。在国王的忌日，他们选了五十名年轻侍从，用木棍捅穿背部，从脊柱到咽喉，这样缚在五十匹马背上，围绕国王的陵墓转圈示众，然后连人带马统统杀死。

侍候我们的人地位低微，得到的待遇还不及我们对飞禽、马匹和狗那么细心周到。

我们为了取悦宠物哪一点没有想到？王爷洋洋得意地为这些动物做的事，我觉得最卑贱的奴仆不见得乐意为他们的主人这样做。

第欧根尼看到他的父母努力赎回他的自由，他说："他们疯了，现在是我的主人在照顾我，养育我，侍候我。"那些驯养动物的人应该说是在侍候动物，而不是被动物侍候。

可是，动物在这一点上表现更加高尚，从来没有由于缺乏勇气，一头狮子去侍候另一头狮子的，一匹马去侍候另一匹马的。我们追猎动物，老虎和狮子也追猎人，每种动物都对另一种动物进行同样的追逐：狗追逐兔子，白斑狗鱼追逐冬穴鱼，燕子追逐蝉，鹰追逐乌鸫和云雀；

> 鹳在偏僻的地方找到小蛇和壁虎，
> 喂养自己的子女。
> 朱庇特的苍鹰在森林里
> 追逐兔子和鹿。
>
> ——朱维纳利斯

我们跟我们的狗和鸟分享我们的猎物，也同甘共苦；在色雷斯的安菲波利斯山上，猎人和野鹰对分捕获的猎物；在米蒂斯湖（亚速海）的沼泽地，如果渔人不诚心诚意地把捕获物分一半给狼，狼会立即撕破他的渔网。

我们在打猎中讲究机智多于力量，如结网、套索和钓饵，野兽之间也有这样的情况。亚里士多德说墨鱼会从颈子里吐出一根长长像线似的肠子，抛得很远，随时可以收回。它看到小鱼游近，让小鱼咬到这条肠子的尖端，自己身子躲在沙土或洼坑里，慢慢把肠子往回拖，直到小鱼离得很近，一扑把它攫住。

至于力量，世间没有一个动物像人那样不堪一击，只需一条鲸鱼、一头大象、一条鳐鱼、一个其他类似的野兽，就可以伤害一大群人；虱子就足以叫苏拉的狄克推多职位出现空缺①。一位伟大的凯旋的皇帝，他的心和他的生命，只是一条小虫的口中食。

为什么因为人能够辨别什么东西可以养身治病，什么东西不可以养身治病，了解大黄和水龙骨的药性，就说人由于聪明和思考就有了知识呢？让我们看看康迪的山羊，它受了箭伤，就会在千百种野草中寻找白鲜来治伤。乌龟吞下了毒蛇，立即寻找牛至来清理肠胃；蜥蜴用茴香明目；鹳用海水灌肠；大象不但会拔掉自己同类，甚至主人在交战时身上所中的标枪和箭矢（以被亚历山大大帝所杀的波鲁斯国王的大象为例），而且动作熟练，连我们也做不到那样毫无痛苦。我们为什么不说这也是知识和谨慎呢？为了贬低它们而说它们知道这样做是受之于天赐的教育，这没有否定它们有知识和知道谨慎，反而更有理由认为它们从这么可信的教师那里学得比我们还好。

---

① 柳希尼斯·科尔尼利厄靳·苏拉（公元前138—前78年），罗马政治家。传说他的死因是一种虱子传染的病引起的。

克里西波斯在许多事情上跟任何哲学家一样，看不起动物的能力，然而他注意到狗的这些行动：狗寻找失散的主人或追逐逃跑的猎物，到了三岔路口，先后试过两条路，肯定找不到它要追寻的踪迹后，必然毫不犹豫地奔上第三条路。克里西波斯不得不承认这条狗也有过这样的推理："我追踪主人直到这三岔口；他必然要去这三条路中的一条路；既然他没有去这条，也没有去那条，那么走上另外这条肯定没错。"经过这番推理，得出这个结论后，它对第三条路再也不多想，也不再探测，而是凭理智往前直奔而去。这完全是辩证法，对各种前提进行分析和综合的能力，这条狗都是通过自己掌握的，岂不是不亚于特拉布松的乔治①。

还有，野兽不是不会依照我们的方式接受教育。乌鸫、乌鸦、喜鹊、鹦鹉，我们教它们说话；我们看出它们的声音和呼吸那么舒展自在，可以对它们进行训练，发出某些字母和音节，这说明它们内心也有思想，驯顺好学。我相信每个人都很高兴看到街头艺人教他们的狗玩那么多的花样，用语言指挥它们做各种动作和跳跃，狗跳舞从来不会踩错一个拍子。

我看到这件虽说是常见的事感到更加钦佩，那就是在乡村和城市给盲人引路的狗。我注意到它们怎样停留在一些习惯得到施

---

① 特拉布松的乔治（1396—1486），语法学家和逻辑学家，亚里士多德作品的译者和注释者。

舍的门前；它们怎样带了主人避过马车和大车的冲撞，虽然这中间有足够的空隙可以供狗自己通过；我也看见过，有的狗沿着城里的一条沟，自己走一条坏路，给主人留出平坦的路，防止跌进沟里。这条狗怎么会知道它的责任不仅是保护主人的安全，还不顾自己不便也要侍候主人呢？它又怎么懂得这条路对它是够宽的，对它的主人又是不够宽的呢？这一切没有思考和推理会懂吗？

还不应该忘记普鲁塔克提到他和韦斯巴芗老国王，在罗马马塞卢斯的剧场见到的一条狗。一个街头艺人演出几幕剧目，扮演几个角色；有一条狗辅助他，也扮演一个角色。其中有一场戏需要它吞服了毒药后装死，狗咽下了用面包做的毒药后立刻开始发抖和摇晃身子，仿佛药性发作全身难过；最后直挺挺躺在地上像死了一样，按照剧情需要它让人从一个地方拖到另一个地方；然后当它知道时间到了，又开始轻轻动了起来，仿佛刚从熟睡中醒来，抬起头左顾右盼，叫人看了无不称奇。

在苏萨的御花园中，有几条牛转动大轮子水车，灌溉花园，轮子上系了水桶（在朗格多克地区是很多的），它们接受命令每天转动一百圈。它们养成习惯完成那个任务，用什么力量也没法叫它们多转动一圈；它们完成任务后干脆停步不动。我们要过了童年才会数到一百，不久前还发现有的国家根本不知道数学。

教育别人比受别人教育还需要更多的理智。根据德谟克利特的判断和证实，我们许多技术还是动物教会我们的：蜘蛛教编织，燕子教盖屋，天鹅和夜莺教音乐，许多动物用实例教治病。亚里士多德认为夜莺教小鸟唱歌，要花费时间和心思，而被我们关在笼子里的夜莺，没有机会跟父母学习，歌声就逊色多了。从这件事也可看出通过学习和钻研才会取得进步。

即使野生的夜莺，歌声也不是一模一样的，每头夜莺根据自己的能力来学唱；它们在学习时还相互嫉妒，争吵得不亦乐乎，有时失败者还死在地上，咽气也比唱得不好听强。那些小鸟若有所思地蠕动身子，开始学习某些唱腔；学员听着教员的讲授，用心记住；它们轮流停顿不唱，使人觉得它们在听教员的纠错和训斥。

阿利亚努斯[①]说，他以前看到一头大象在屁股上放一片钹，在鼻子上也系了一片钹，它敲一声，其他的象绕着圈子跳舞，在乐器的指挥下，跟着节拍忽而抬身忽而伏下，很高兴听到这个和谐声。在罗马的演出中，大象表演是屡见不鲜的，它们跟着人声走动，跳舞队形来往穿梭，变化不定，有的节拍还是很难学的。显然这些大象私下也记住这些训练，用心操练，免得被驯兽师训斥责打。

还有一则喜鹊的故事尤其离奇，普鲁塔克可以为我们作证。

---

① 原文为阿利乌斯。据《七星文库·蒙田全集》，应为阿利亚努斯，希腊历史学家、哲学家。

这只喜鹊养在罗马一家理发店里聪敏非凡，能够模仿一切听到的声音。有一天，几支喇叭停在店门口吹了很久；从那时起，以及第二天，这只喜鹊若有所思，一声不出，很抑郁，大家都很奇怪。有人认为是喇叭的吼声吓坏了它，使它同时失去听觉和发声。但是他们最后发现这只喜鹊在韬光养晦，心里在琢磨和练习喇叭的声音。以致它重新开口第一声就是逼真地重现抑扬顿挫的喇叭声，自此以后唱歌风格焕然一新，再也不屑去唱从前会唱的一切了。

我也不愿意略去另一条狗的故事，也是这位普鲁塔克说他亲身经历的（我知道我在叙述时缺乏次序，但是今后在这部作品中叙述这些故事时也不见得会遵守）。普鲁塔克乘在一条船上，有一条狗看到一只水罐底有一层残油，罐口小，它的舌头就是舐不到，去衔了几块石头放在水罐里，直到油浮到罐口它可以舐到为止。这不是一种非常精微的思维吗？有人说巴尔巴里的乌鸦在要喝的水太低时也是这样做的。

这件事跟大象之国国王朱伯叙述的大象故事很相似。猎象的人设下巧计，挖了一个深洞，在上面盖了一些小草作为伪装，有一头象中计跌了进去，它的同伴连忙运来石头和木条，抛进洞里帮助它爬了上来。

这个动物在许多其他方面跟人的能力非常接近，如果我要详细叙述这些亲身经历的例子，可以轻易证实我一贯主张的论点：人跟人的差别要大于人跟动物的差别。

叙利亚的一家私宅内，主人命令驯象师饲养大象，驯象师每顿扣下一半的食物；一天，主人要亲自喂养大象，把他指定的大麦定量全部倒入食槽内；大象对驯象师狠狠看了一眼，用鼻子拨出一半定量，以此揭露别人对它的亏待。另一头大象看到驯象师在饲料中掺入石块补足分量，就走到他烧煮午餐的肉罐前，在里面放满了灰尘。这都是一些特别的例子。有目共睹、人人知道的事实还有，在中东国家的军队里大象组成最强大的战斗力，其发挥的影响远远超过我们今天在阵地战中的炮兵部队（凡熟悉古代史的人对此不难判断）：

> 这些大象的祖先久经沙场，
> 服务于我们的将军和莫洛沙国王，
> 背上驮着步兵、辎重，
> 像一队骑兵走向战斗。

——朱维纳利斯

　　人必须充分信任这些动物的忠诚和思维能力，才让它们冲锋陷阵的，在这种场合，由于它们的躯体庞大笨重，前进中稍一停顿，稍一惊慌，转过身会使阵脚大乱。实际上它们后退扑向自己的队伍，这类事要少于士兵自相践踏、全线崩溃的例子。它们不但在战斗中执行简单的行动，而且还担当好几项任务。

同样，西班牙人在征服新大陆的印第安人时也使用狗，他们还给狗分发军饷和战利品；这些动物表现出机智善断，奋勇顽强，根据时机乘胜追击或停止前进，冲锋或后撤，善于辨别敌友。

我们赞赏和看重远方的事甚于日常的事，不然我不会对此长篇大论津津乐道。因为，根据我的意见，谁要是仔细观察我们日常见到、生活在我们中间的动物，发现令人赞叹的例子不会少于我们古代和异国的传闻，因为天性是一样的，绵延不断。对现状有了足够的了解，也可以对过去和未来作出结论。

以前，我见过从海外远方国家带回来的人，我们不懂他们的语言，他们的礼节、姿势和服装，跟我们迥然不同，我们谁不把他们当野蛮人和未开化的人？看到他们沉默不言，不懂我们的语言，我们的吻手礼，我们的屈膝行礼，我们的穿着，我们的举止，谁不认为是愚蠢和痴呆？仿佛人都应该以我们作为楷模。

凡是我们觉得奇怪的东西，我们不理解的东西，我们都加以谴责，我们对动物的评论也是如此。动物跟我们有许多共同点；我们从比较中可以得出某些推测；但是它们有一些特点，我们知道是什么吗？马、狗、牛、羊、鸟，跟我们一起生活的大多数动物，辨得出我们的声音，服从我们的声音。克拉苏甚至还有一条海鳝，当他一叫就应声游到他的前面。还有阿瑞托萨泉水里的鳗鱼也是如此。我还看到鱼塘里的鱼，饲养的人一声叫就游过来觅食：

它们都有一个名字，主人一呼，

个个应声而来。

——马提雅尔

我们可以据此来作判断。我们还可以说大象还有宗教意识，经过好几次洗手和净身礼后，到了一定的时候高高举起鼻子，像举起手臂，眼睛盯着上升的太阳，沉思默想，不用教育和告诫，都出于自发。我们在其他动物身上没有看到这种举动，但是也不能就此说它们没有宗教意识。我们不能对看不见的事妄加评论。

哲学家克里昂特斯观察到这件事，跟我们的事很像，我们可以从中发现一些问题。他说：他看到从一个蚁穴里走出一群蚂蚁，扛了一只死蚂蚁，朝另一个蚁穴走去。从第二个蚁穴走出一群蚂蚁，走到第一群蚂蚁面前，仿佛跟它们谈话。一起待了一段时间后，第一群蚂蚁回去好像是去跟同伴商量，因为谈判困难，这样来回走了两三趟。最后第二群蚂蚁从洞里抱出一条小虫交给第一群蚂蚁，仿佛作为死蚂蚁的赎物；第一群蚂蚁扛了小虫回到自己的洞里，把尸体留给了第二群蚂蚁。

以上是克里昂特斯对这件事的解释，以此证明没有声音的动物，实际上不是不存在相互交流，我们无法参与是我们的缺点，我们不应对这事愚蠢地说三道四。

动物还有其他活动，远远超过我们的理解力，不要说我们无法模仿，甚至连想象也无法想象。许多人认为在这场安东尼输给奥古斯都的大海战中，他的旗舰在行驶中被一条小鱼弄得动弹不得；拉丁人把这种鱼叫闸门鱼，因为这鱼有一种特性，任何东西沾上它就再也不能前进。卡里古拉皇帝率领他的大船队在罗马尼亚沿岸游弋，他的船只也是被这种鱼堵住的。因为这鱼贴在船底，他下令把它逮住，大光其火，一个那么小的动物，只因鱼嘴（这是一种带鳞甲的鱼）触及了船，海水、风浪、全船的桨橹都被降伏了。他还颇有理由地感到奇怪，这种鱼一到了船上，完全失去了在海水中的威力。

有一个锡齐克斯人研究了刺猬的习性而获得星相数学家的美名；他筑了一间小室，在许多地方朝风向开了许多窗洞，看到风从哪儿来，他把哪儿的窗洞关闭；这个人就凭此向他的城市预报风向。

变色龙躲到什么地方，就变成什么地方的颜色；但是章鱼却根据时机，要避开担心的危险还是捕捉找寻的食物。变色龙是应环境而变色，而章鱼是在行动中变色。我们有时也变色，害怕、愤怒、羞耻和其他情欲改变我们的脸色；但是这也像变色龙是应环境而变的。黄疸病使我们变黄，这不是随我们的意愿而定的。

我们在其他动物身上见到的这些能力都比我们大，说明动物身上的某些高强天赋对我们还是隐蔽的；很可能还有许多别的功能和特性，还没有对我们表现出来。

从古代人所信的预言中，最古老和最可信的预言无疑是从鸟的飞翔中得出的预言。这件事真是无可比拟，令人叹为观止。从鸟的翅翼振动中去预测未来事件，有一定的规则和程序。只有技术精湛才能完成这项高尚的工作。因为把这个重要的功能严格归之于自然形态，其中不存在创造这个形态的鸟类表现出的智慧、意愿和推理，这是一种大谬不然的看法。鱼鳐就有这样的功能，谁的肢体触及它就发麻，这种麻木的感觉还能穿过渔网传递到碰网的手上。其至有人说，水泼在手上，这种感觉还会通过水往上移。这种功能很奇妙，对鱼鳐也不是无用的。鱼鳐感到和使用这种功能，鱼鳐要捕捉猎物，躲在污泥下，等待其他鱼类游过，其他鱼受到它的冷气袭击，萎靡不振，任凭它的摆布。

鹤、燕子和其他候鸟根据一年的季节改换栖息地，这也说明它们有预测的功能，并会运用。猎户还向我们保证说，要在一窝狗仔中选择最优良的狗仔留种，只要让狗来选择肯定没错。如果把这些狗仔赶到户外，第一只被母狗叼回来的总是最优良的。如果有意在狗房外面四处点火，母狗窜去先救出的也是那个。由此可以证明母狗有这种我们没有的审察能力，或者它们识别后代的本领远远超过我们人类。

动物出生、生产、饲养、活动、生和死，跟我们非常接近；如果我们贬低它们固有的主动性，而夸大自己的能力，居于它们之上，这决不是我们出于理性的思考。要增强我们的健康，医生向我们建议按照动物的生活方式生活；因此在任何时代老百姓口中都流传这样的话：

头脚保温暖，
生活学野兽。

传种接代是最主要的天然活动：人的四肢分布十分适宜于实行这个目的；然而我们若要行之有效，必须采取动物的姿势。

采用四足动物的姿势，
女人最容易怀孕，
因为这时胸脯后仰，两腿翘起，
种子最易投中目标。

——卢克莱修

女人自创的种种大胆挑逗的动作是有害的，应该抛弃，要她们学习雌性动物的温存顺从：

女人淫荡时，反使自己不会受孕，
她扭腰摆股刺激男人的爱情，
从他酥软的腰际里流出粘液；

铁犁滑出了犁沟，

种子就会撒在穴外。

——卢克莱修

如果大家都能公正地得到应有的一份，动物也会服务、爱护和保护它们的恩人，追逐和攻击损害它们的陌生人和其他人；这方面它们也在替我们执行正义，犹如它们照顾自己的子女也是不偏不倚的。

至于动物的情义，也笃实厚道，人是无法与之相比的。莱西马库斯国王的爱犬希卡努斯，在主人死后，执意留在他的床上不吃不喝；尸体焚化那天，狗跑过去跳入火中一起烧死。有个人名叫皮勒斯，他的那条狗也是这样，从主人死后再也不走下他的那张床；有人搬尸时，它也随同一起搬走，最后跳进焚烧主人尸体的火堆里。我们有时不经过理智的授意也会产生某些情谊，这是油然而生的冲动，有的人称之为同情：动物像我们一样也会同情的。我们看到马匹相互那么亲密，使我们很难把它们分开生活和旅行。我们看到它们摩擦同伴的毛皮，就像我们抚摩面孔，表示亲昵。不论在哪儿遇见，它们会迎上去表示欢快和好意，也会用其他方法表示不满和憎恨。动物像我们一样在爱情中也有取舍，对雌性动物也有选择。它们也免不了有我们这样的嫉妒、痴情和难以排遣的占有欲。

欲念有天然的和必需的，如饮食；也有天然的和非必需的，如与女性交媾；还有非自然的和非必需的，那几乎包含人的所有其他欲念；这些都是无聊的和人为的。天然的欲念不需要很多就能满足，也不会再生很多欲念，珍馐佳肴不属于天然需要。斯多葛派说一个人一天只需一枚橄榄就可果腹；追求酒的香醇以及性爱的花样统统不是天然需要。

> 要女人不一定要出自名门。
>
> ——贺拉斯

由于好坏不分、观念谬误而积累在我们心中的怪癖，达到惊人的数量，几乎把天然的欲念都赶跑了。如同在一座城市里，外来者太多，反把原住民赶到城外；或者剥夺他们原有的权威和权力，完全取而代之。

动物比我们循规蹈矩得多，它们在自然法则的范围内安分守己，当然也不是说没有发生像我们这样穷奢极侈之事。就像人有时疯狂地爱上了动物，动物有时也会爱上我们，产生人兽之间的荒唐恋情。例如语法学家亚里士多芬的那头情敌大象。亚里士多芬的情人是亚历山大城里的一个年轻的卖花女，大象也爱上了她，对她殷勤周到，一点不输于热情的追求者。走进水果市场，它用长鼻子取了水果献给她；眼睛一刻也不肯离开她，有时把长鼻子穿过胸衣，放到她的胸前，触碰她的奶头。

还有人传说蜥蜴爱上一名少女，鹅爱上阿索布斯城里的一名少年，一头公羊爱上女乐师格鲁西亚。还有猢狲疯狂地爱上女人的故事。还有动物搞雄性同性恋的；奥皮阿奴斯和其他人举出一些例子，动物在交媾中非常尊重血缘关系，事实上恰恰相反。

> 小牛毫不羞耻地委身于父亲；
>
> 马女儿可以成为马妻子；
>
> 母羊与它所生的小羊交配，
>
> 小鸟跟给它生命的老鸟怀上了孕。

> ——奥维德

谁曾见过像哲学家泰勒斯的那头精乖的公骡？它驮了几包盐要过河时不巧跌了一跤，背上的盐包浸了水，发觉盐化了后背上的重担减轻许多，以后遇到河流总不免带了驮包跌进水里。以致它的主人发现骡子在耍坏，下令给它驮上羊毛，骡子看到自己的诡计被揭穿后，就再也不玩了。

还可以从许多动物身上看到它们守财的一面，它们努力偷窃东西，虽然从来不用，还是小心翼翼地藏了起来。

在持家方面，动物比我们更有远见，知道为未来节约和储藏，还懂得管理家务必需的各种知识。蚂蚁看到它们的谷物和种子开始发霉和生味，害怕腐烂变质，会放到蚁穴外吹风晾干，它们防止种子发芽的方法可靠巧妙，超过人类谨慎的想象力。因为谷物不会永远干燥卫生，它们会发软、分解和渗出白色的液汁，慢慢长芽抽穗。蚂蚁害怕谷物变成种子，失去原有的品质，不能储存，会在抽芽的部位啃去一块。

战争是人类最隆重和最自命不凡的活动之一，我不知道我们从事战争是想证明人类了不起，还是反过来证明人类愚蠢。确实，同室操戈，相互摧残，斩尽杀绝的诀窍，动物是没有的，也引不起它们多大的兴趣：

> 一头狮子会因勇敢要另一头的命？
> 哪座森林里，一头野猪会死在
> 另一头更尖利的牙齿下？
>
> ——朱维纳利斯

然而也不是所有的动物都没有相互残杀的做法，比如蜜蜂的激烈交锋，两个敌对的蜂群的蜂王①争霸战：

> 经常两只蜂王产生激烈的争斗，

---

① 西方古代不识蜂群的领袖是蜂后，习惯称为蜂王。

怀着愤怒总动员，

真是一场好战！

——维吉尔

　　我读到下面这段精彩的描述，没一次不想到这是在说人的荒谬和虚妄。因为这些叫我们如痴似醉的战争恐怖行为，这场杀声震天的风暴：

铁器的闪电直刺云霄，

金属的雷鸣遍布大地，

战士的脚步震得地球隆隆响，

厮杀声在山谷回荡，传至星辰上。

——卢克莱修

这些千军万马齐集阵前的杀气，那么多的愤怒、激情和勇气，常是无缘无故引起的，又是不明不白消失的，想起来令人好笑：

有人说希腊人和野蛮人的残酷战争，

起因是帕里斯的爱情。

——贺拉斯

因为帕里斯好色多情，让战火烧遍了整个亚洲。个人欲望、内心焦虑、贪图欢乐、家庭纠纷，这类事使两个捕鱼的人拳来脚去还差不多，却引来了这样一场浩劫。我们愿不愿意相信那些主要肇事者提出的主要动机？那么听一听这位雄才大略、睥睨四方的皇帝奥古斯都，说起在海面和陆地上发生的几场大战，追随他的命运的五十万人的鲜血和生命，为了实现他的企图而使世界两大部分浪费的力量和财富，他谈笑风生，轻描淡写：

> 因为安东尼迷上了格拉菲拉，
>
> 菲尔维亚就要我也去跟她干，作为报复！
>
> 我跟菲尔维亚干！
>
> 就像马尼厄斯要我去跟他干，我实在无能为力！
>
> "要么上床，要么打仗。"她说，
>
> "怎么，要我为了生命牺牲生殖器？……把军号吹起来吧！"
>
> ——奥古斯都（据马提雅尔）

（蒙殿下恩准，我使用拉丁文更为自在①。这个战争魔鬼，有

---

① 殿下似指玛格丽特·德·瓦洛瓦公主。这篇文章原是献给她的。这一节的文字甚粗鄙，故用拉丁文略加掩盖。

那么多的面孔，那么多的行动，仿佛是对天与地的威胁。)

> 当残酷的俄里翁躺在冬天的波涛上，
> 数不尽的浪潮在利比亚海上滚滚而来；
> 当阳光再度照亮埃尔缪平原上
> 密集的麦穗、利比亚金黄的田野时，
> 又响起了铁马金戈，脚步声又震撼大地。
>
> ——维吉尔

这个有那么多胳臂、那么多脑袋的愤怒恶魔——也就是人，软弱的、多灾多难的、卑贱的人。这只是一个骚动的、在热锅上的蚂蚁窝。

> 黑色兵团在平原上推进。
>
> ——维吉尔

一阵逆风，一群乌鸦的聒噪声，一匹马的失足，一头老鹰的偶然飞过，一时分心，一个声音，一个信号，一团晨雾，都可以把人打翻在地，爬不起来。只要在他的脸上打一道阳光，他就会眩晕昏迷；只要向他的眼睛洒上一点灰土（像我们的诗人维吉尔写到蜜蜂一样），于是我们所有的旗手和军团，即使是伟大的庞培率领的，也立即溃不成军：因为塞多留在西班牙好像就是用这种巧妙的武器把他打败的①。这种武器其他人也用过，如欧迈尼斯对抗安提柯，苏勒那对抗克拉苏。

> 抛出一小撮尘土，扑灭了三军的愤怒，
>
> 制止了激烈的战火。
>
> ——维吉尔

派出蜜蜂组成的小分队，它们有力量和勇气去扑灭战火。我们对这件事还记忆犹新：葡萄牙人在夏达姆的领土上包围了塔姆里城，城里的居民家家养蜂，他们把蜜蜂带到城头上。放烟把蜜蜂猛烈向敌人方向赶去，敌人经不住蜜蜂的进攻和刺蜇，落荒而逃。依靠这支生力军，城市赢得了胜利和自由，更出乎意料的是这些蜜蜂战斗归来，一只也没有少。

皇帝与鞋匠的心灵都是一个模子出来的。想到王爷们行动的重要性和分量，我们深信必有同样重要和紧急的原因促使他们这样做的。我们错了：他们做事的动机反反复复其实跟我们一样。王爷跟王爷打仗，我们跟邻居吵架，道理没有什么不同。也出于

---

① 据普鲁塔克《塞多留传》的记载，塞多留利用蜜蜂打败的是西班牙境内的恰拉希达尼人。

同样道理，我们叫人给仆人一顿鞭子，国王派军队把一个省夷为平地。他们要什么也像我们这样随意，但是他们做什么要比我们严重得多了。蛆虫和大象同样都会饿得发慌的。

至于谈到忠诚，可以说世上没有一种动物像人那样翻脸无情。我们的历史上不乏义犬为被害的主人复仇的故事。皮洛斯国王遇见一条狗守在一个死人旁边，听说它已经守灵守了三天，下命令埋葬了尸体，把那条狗带了回来。有一天他参加军队大检阅，这条狗跟着他，见到了谋杀它主人者，大声吠叫，愤怒地追了过去，从这条线索开始追查这件谋杀案件，不久以后，凶手被绳之以法。贤人希西厄德的狗也是这样，使诺帕克特斯人加尼斯道尔的儿子被判定谋杀罪，给自己的主人昭雪申冤。

另一条狗看守雅典一座神庙，看到一名渎神的小偷盗走了最贵重的神器，开始高声吠叫；但是神器看守没有醒，狗就跟踪小偷，天亮了，稍稍隔开一点，但是又不让他越出视线。当小偷给它食物，它不吃；路上遇到其他人，它跟他们摇头摆尾，从他们的手中吃施舍的食物；如果小偷停下睡觉，它就在同一地点停下。这条狗的事情传到教堂看守的耳里，他们开始追踪，沿途打听这条狗的颜色，终于在克劳米翁城里找到狗，还有那名小偷，一起带回了雅典。小偷得到了惩罚。法官为了酬谢这份功劳，在官饷中拨出一份麦子作为狗的口粮，并由教士饲养。普鲁塔克保证这则故事是真实的，因为就发生在他这个时代。

至于感激（因为我觉得我们必须尊重这个词），举埃皮昂叙述的一个例子足够了，他本人就是目击者。他说有一天罗马给老百姓组织一场奇兽格斗会，主要是身体异常庞大的狮子。其中有一头狮子，气势汹汹，四肢巨大有力，吼声高昂吓人，吸引了所有观众的注意力。参加跟野兽格斗的奴隶中，有一个从达斯来的安德罗杜斯，属于罗马一位执政官贵族家。狮子一见他，首先猝然止步，仿佛对他表示敬意，然后慢慢走近，温顺和气，仿佛要跟他打招呼；这时在肯定没找错人后，就像狗取悦主人一样，尾巴摇晃，吻舔这位吓得魂不附身的可怜虫的手和大腿。安德罗杜斯见这头狮子并无恶意恢复了神志，定睛一看把这头狮子认了出来。看到人和狮子相亲相爱的情景是一种少有的乐趣。老百姓欢声雷动，皇帝下令召来那名奴隶，听他解释这件奇事的由来。他给他讲述了一个新奇、令人惊叹的故事。

　　他说："我的主人是非洲的行省总督，他待我非常残酷苛刻，天天派人打我一顿，我忍无可忍，只得从他家里逃了出去。他这人在省里非常有权势，我要能躲开他，必须尽快逃到这个国家荒无人烟的沙漠地区，要是找不到吃的，就下决心找个了结自己一生的方法。中午时候阳光非常毒辣，热得无法忍受，这时我来到一座隐蔽难走的山洞口，钻了进去。不久以后来了一头狮子，有一只爪子受伤淌血，发出痛苦的呻吟。我看到它来非常吃惊；但是狮子看见我蹲在它的洞穴的一个角落里，慢慢走过来，向我伸出受伤的爪子，仿佛向我求援；我给它拔掉上面一根木刺，当我在它面前恢复镇静后，挤它的伤口，把里面的污物都挤了出来，尽我的力量擦得干干净净；狮子感到痛苦减轻了一点，放心了，慢慢静下来睡着了，爪子始终抓在我的手里。从那时起，它和我在这个洞里共同生活了整整三年，吃的是同样的肉。它捕来了动物，把最好的部位留给我，因为没有火就在阳光下烤一烤，作为食物。长期下来我对这种动物的穴居生活感到厌烦，有一天趁狮子照例出外觅物时，我离开那里。三天后，我被士兵抓住，从非洲押回这个城市，交给我的主人，主人立即判我死刑，喂给野兽吃。现在看来，这头狮子也是在不久以后被捕的，它从我这里得到好处和治疗，愿意在这个时刻向我报恩。"

以上就是安德罗杜斯向皇帝叙述的故事，也转达给老百姓听。这下子应大家的要求，他得到了自由和赦免，也应老百姓的意愿，他得到这头狮子作为礼物。埃皮昂还说，我们以后看到安德罗杜斯用一根小绳子牵了这头狮子在罗马走街串巷，人家给他施舍，还在狮子身上抛掷花朵，每个人遇到他们就说："狮子是这个人的主人，这个人是狮子的医生。"

我们经常为了失去所爱的动物而流泪；动物也会为了失去我们而哭泣，

战马埃顿走近来，背上已卸去鞍子，

脸上是大颗大颗的眼泪。

——维吉尔

就像我们有的国家几个人共娶一妻，有的国家一夫一妻；动物之间不也是这样吗？它们的婚姻不是有比我们还牢固的吗？

至于团结互助的集体精神，动物之间也是有的；我们看到哪个牛、猪或其他动物受到了冒犯，它一叫，会奔过来一群救援它，保护它。鹦嘴鱼咬上渔夫的钓饵，它的同伴在它的旁边绕成一圈，对渔绳又咬又啃；如果有一条不巧钻进捕鱼篓，其他的鱼会紧紧咬住它露在外面的尾巴，把它拉出来一起游走。鱼见到同伴给钓住了，会把渔绳靠在背上，背上竖起一根刺像一把锯子，直到把渔绳锯断为止。

至于我们生活中相互之间的特殊服务，动物中也可见到不少。据他们说，鲸鱼在游动时，前面总有一条像鲍鱼似的小鱼，这条小鱼因它的作用而称为向导鱼。鲸鱼跟着它游动旋转，非常灵活，如同船随舵而转一样。鲸鱼对它也是有报偿的，其他东西不论动物或船只，一进入这条巨怪的嘴里从无生还之理，而这条小鱼进去了则是在里面睡觉；在它睡觉时，鲸鱼也不游动；它一出嘴巴，鲸鱼就不停地跟了它游。如果它们偶然失散了，鲸鱼就会迷失方向，时常会撞在岩石上，像一艘失去了舵的船只；普鲁塔克证明在昂蒂西拉岛上见过这种事。

在一种叫戴菊莺的小鸟与鳄鱼之间也有这种类似的关系。戴菊莺给这个大动物放哨；如果鳄鱼的敌人走近来跟它搏斗，这只小鸟怕它在睡觉时遭到袭击，会用叫声或用鸟嘴把它弄醒，向它报警。这鸟靠这头巨兽的残剩食物过活，鳄鱼张开嘴，让它任意在上下颚和牙缝之间啄食留在那里的肉屑。如果鳄鱼要闭嘴，首先告诉它出来，嘴巴慢慢闭上，决不会压着它，伤着它。

一种叫珍珠母的贝壳动物，跟豆蟹也是这样生活的。豆蟹是像黄道蟹似的小动物，坐在张开的贝壳上，给它当信使和门卫；贝壳始终半合半开，直到它看见有适合捕捉的小鱼游进来，这时它游进珍珠母的里面，向它的肉咬上一口，迫使珍珠母把贝壳合上。那时珍珠母和豆蟹就在它们的城堡中享用猎物。

至于金枪鱼的生活习性，有一种奇异的包括数学三部分的科学性，首先是星相学，它们把星相学教给人；因为它们游到一个地方不动了，这恰是冬至那天，它们留在原地不动，直到下一个春分。这说明为什么亚里士多德也承认它们掌握星相学。

还有几何学和算术，金枪鱼在游动时始终组成立方体队形，形成坚固封闭的兵团，在任何一面都是正方的，面面相等，前后也都一样，以致看到这个立方体的一面，很容易推算整队的数目，尤其深度的数目与宽度的数目是相等的，宽度的数目又与长度的数目是相等的。

至于精神高尚，举那条大狗作为例子是最清楚不过的了。有人从印度带来一条狗送给亚历山大国王。首先放出一头鹿要跟它斗；然后一头野猪，然后又是一头狗熊；这条狗始终毫不在意，留在原地一动也不动；但是当它看到一头狮子，马上挺直四腿，显然表示这下子它遇到了愿意较量的劲敌了。

至于认错和悔过，又有一头大象的故事。这头大象在盛怒之下杀死了自己的主人，它为此那么哀伤，从此绝食直到死去。

至于宽大，则可举一头老虎的故事。老虎是野兽中最凶残的；有人把一只小山羊关进它的笼子，老虎饿了两天还不愿意去伤它，到了第三天，它撕破它的牢笼，去寻找其他猎物，它把小山羊看作是朋友和客人，不愿意伤害它。

至于通过交往相处形成的和睦关系，我们平时只是把猫、狗和兔子一起饲养；但是那些航海的人，尤其经过西西里海的人，听到关于翠鸟的见闻，超出人的任何想象。大自然有哪种动物竟是如此重视妊娠、分娩和坐褥的。因为诗人说，只有德洛斯岛从前是漂流的，为了让阿波罗的母亲拉托娜分娩就固定不动了；但是上帝要全部海洋都像一片平川那样停滞不动，没有波涛，没有风雨，为了让翠鸟生产小鸟，这恰是在冬至时分，一年中最短的一天；靠了翠鸟的特权，我们在隆冬的中心期有七天七夜风平浪静，可以毫无风险地在海上航行。雌鸟只认自己的雄鸟，终生帮助它，从不抛弃；雄鸟体弱无力飞翔，雌鸟飞到任何地方都把它驮在背上，侍候它直至死亡。

翠鸟给小鸟筑窝，精致绝伦，使用什么样的材料至今还无人识破。普鲁塔克曾经看见它们筑窝，相信这是鱼骨，翠鸟把它们集中一起，经纬编结，然后褶裥锁边，最后做成一只可在水面上漂游的小船。当它把这只小窝全部完成后，就放到海面浪涛中试验，看到编结不牢、在海水冲击下散架的地方重新加固；相反，在编结牢固的地方，经海水一打反而更加收缩扎实，除非用石头或铁器猛砸，否则是不会折断、松散或损坏的。最令人赞叹的是内部的比例和孔穴的形状：它是完全按照筑窝的翠鸟的身材大小做的，因而对其他不合这个尺寸的东西，它是封闭的、密不透风的，就是海水也无法渗入。

对这种鸟窝的描写很清楚，来源也很可靠；可是我还是觉得对于鸟窝结构的难度没有作出足够的披露。对一些我们无法模仿和了解的东西，加以贬低和嘲弄，岂不是说明我们自己多么虚妄自大？

让我更深入谈一谈人与动物的相像和一致。我们的心灵自诩有这样的优越性：想法会跟实际协调一致，事物经过思考后都摆脱了有生的和有形的品质，把值得注意的各点进行排列，把一切会腐蚀的条件统统取掉，像旧衣服似的摆在一边，如厚度、长度、深度、重量、颜色、气味、精细度、光洁度、硬度、软度，一切可以触摸的成分，只保留其中无生和无形的本质。罗马或巴黎，以巴黎来说，在我心灵中存在的巴黎只是我想象中的巴黎，在我的想象和理解中的巴黎是没有尺寸，没有地点，没有石头、柱子和树林的。我要说的是这种抽象思维的特点显然动物也是有的；因为一匹驰骋疆场、枪林弹雨中的战马，即使在睡觉时，躺在马厩里，也像在交战中那样身子扭动发颤，可以肯定在它的心灵中还有不发音的鼓声，没有武器和战士的军队：

> 威武的骏马，即使在睡觉时，
>
> 也浑身出汗，经常喘气，
>
> 肌肉绷紧，仿佛还在争夺冠军。

——卢克莱修

　　猎狗在睡梦中会想起野兔，我们看到猎狗在睡觉时也气喘吁吁，伸长尾巴，旋动腿弯，摆出完全是奔驰时的姿态，然而这只野兔却是没有毛也没有骨头的野兔。

> 经常，猎狗好好睡着，
>
> 会突然惊醒站了起来，狂吠几声，
>
> 还时常在空中嗅，
>
> 仿佛寻找猎物的踪迹。
>
> 或者醒来后，追逐一头想象的小鹿，
>
> 仿佛看到它在面前逃似的，

直到幻觉消失，才会恢复神志。

——卢克莱修

看门狗也经常在睡梦中呜呜叫，然后突然喑喑而吠，惊跳起来，仿佛看到陌生人在走近。它们的灵魂看到这个陌生人，是一个无形的、看不见的人，没有体积，没有颜色，没有生命。

家里温良的小狗开始激动，

摇落眼睛里朦胧的睡意，

一跃而起，仿佛看到

陌生的面孔和人影。

——卢克莱修

至于身材的美，在详谈以前，我必须知道我们是否一致同意对美的描写。我们好像并不清楚自然的美和普通的美，因为我们说到人体的美有各种不同的形态；不像对自然的赋性，比如火是热的，大家都有共同的认识，我们则以自己的形式去想象人的美。

比利时人的肤色长在罗马人的脸上就是丑。

——普罗佩提乌斯

印度人认为黝黑的皮肤、厚而突出的嘴唇、扁而宽的鼻子是美。在鼻孔的柔软部分插上金环下挂到嘴边；下嘴唇也挂了宝石圆环，盖住下巴；露出牙齿直到牙根也是一种娇态。在秘鲁，耳朵愈大愈美，他们还尽量用人工往下拉。今天有一个人说，在一个东方国家见过这种热衷于拉长耳朵、戴沉重珠宝的做法，以致耳孔大得可以把一条手臂连同衣袖一起穿过去。有的国家把牙齿细心染黑，看到白牙齿要耻笑。有的地方把牙齿染成红的。不但在巴斯克地区，在其他地方也是，女人觉得光头更美；据普林尼说，甚至在某些冰天雪地的国家也是这样。墨西哥女人认为前额小是美，她们身体其他部位的毛都拔光，而巧妙地移植到前额上；还特别欣赏大奶子，有意把奶头提到肩头上给孩子喂奶。这些在我们看来都是丑。

意大利人认为肥胖是美，西班牙人认为瘦骨嶙峋是美；而我们法国人，有人认为白色皮肤美，有人认为褐色皮肤美；有人认为纤弱温柔美，有人认为健康丰腴美；有人要求娇媚，有人要求威严。谈到什么是美时，柏拉图说是球体，而伊壁鸠鲁说是角锥形或方形，决不容忍神的形状像只球。

不管怎么样，大自然在美的方面，如同在其他共同的规律方面没有给人以特权。如果说我们觉得自己不错，我们也可看到有的动物在这方面比我们差，也有的动物——而且还是大多数——在这方面比我们好。"许多动物都比我们美。"（塞涅卡）尤其是陆地动物，我们的同类。至于海洋动物（不谈形状，这是完全不同的，没法类比），在颜色，干净、光洁和肢体分布，我们比不上它们；对空中动物，更远远不如。诗人们强调我们能够直立，仰视天空——这块我们出生的地方，

其他动物面孔朝下，看着土地，

而上帝赐给人一张高仰的脸，

允许他举目朝着星辰，凝视天空。

——奥维德

这种说法真正是充满诗意的说法；因为有许多动物，它们的目光也可朝向天空；骆驼和鸵鸟的颈子我看伸得比我们更长更直。

哪些动物不是面孔长在上面，长在前面，像我们这样直看，在正常姿势下跟我们看到同样多的天和地？

柏拉图和西塞罗说的人体的优点，哪个不是其他千百种动物所共有的优点？

而最像我们的动物，恰是同族中最丑陋、最讨嫌的：因为从外形和脸型来看，那是猕猴和狒狒：

猴，这个丑动物，跟我们多么相像！

——西塞罗

从内脏和生殖系统来说最像的是猪。是的，当我想到赤条条的男人（女人也是如此，虽然她们要更美一些），他的缺点、自然束缚和瑕疵，使我觉得我们比其他动物更有理由把自己遮住。我们把大自然赐给其他动物的东西，如羊毛、羽毛、兽毛、丝，都拿来自己使用，用它们的美来装饰自己，用它们的外衣来遮盖自己，实在是情有可原。

还应该注意到，我们是唯一把自己的缺点向同类掩盖的动物。我们是唯一在满足自然需要时回避同类的动物。还有值得考虑的是这么一件事：为了治疗相思病，只要让病人对着他那么渴望的身体称心如意地瞧个够，他的恋情就会冷却下来。

> 恋人看到对象的赤裸裸私处，
>
> 欲火就会慢慢熄灭。
>
> ——奥维德

这样的药方也可能是由刻薄的老朽开的，不过，这确是我们的弱点的另一明证，常来常往引起相互讨厌。所以这不是出于难为情，而是做人的艺术和谨慎，女士们很有心机不让我们进入她们的小室，她们在化妆打扮以后才出现在大家面前。

女性都知道这一点：

要把我们牢牢套住在情网里，

小心翼翼地不让看到她们生活的背面。

——卢克莱修

许多动物身上的东西我们几乎什么都爱，什么都投合我们的心意，以致它们的排泄分泌物，我们都甘之如饴，还用作饰物和香料。

这番话只涉及人的一般生活，还没有无法无天地要包括这些神圣的、超自然和不同凡响的美；这种美偶尔在我们之间看到，如同在朦胧天幕下闪烁的星辰。

目前，我们承认大自然赐给动物的天赋要远远超过我们。而我们却授给自己一些空想和虚无缥缈的长处，未来和不存在的好处，这些都是人的能力没法回答的，或者是我们信口开河自创的，如理智、知识和荣誉；而我们给动物的长处却是主要的，可以触摸的：和平、悠闲、安全、无辜和健康；我要说的是健康才是大自然赐给我们最美、最丰富的礼物。

因而斯多葛派哲学敢于说这样的话：患水肿病的赫拉克利特和满身长虱子的佩雷西德斯，若懂得用他们的智慧去交换健康，做成这笔交易，那他们才算是做对了。还有，他们把智慧只与健康相比，虽认为智慧更为重要，那也比他们作出的任何论断都要聪明。据说喀耳刻向尤利西斯建议两杯饮料，一杯可使疯人变成聪明人，一杯可使聪明人变成疯人；尤利西斯宁可接受发疯，也不能同意让喀耳刻把他的人脸变成一张兽脸。据说智慧本身也会对他说这样的话："离开我，让我留下，不要把我藏进驴头驴身中去。"怎么，哲学家宁可为了生活在这张朦胧的天幕下，而舍弃这个伟大神圣的智慧吗？这就不是我们在理智、推理和灵魂上胜过动物了。为了我们的美、我们的肤色、我们的四肢匀称，我们必须舍弃我们的智慧、我们的谨慎和其他一切。

这种天真坦白的说法我可以接受。当然，哲学家认识到我们那么渲染的这些长处，纯属子虚乌有。即使动物有了这些德操、学问、智慧和斯多葛的知足，它们还是动物，还是无法与可怜、讨厌、无理的人相比较。总之，一切不像我们的东西都不值一提。就是上帝，也必须像我们才受到尊重，这点我们以后再谈。由此可见，我们自认为比动物优越，贬低它们，不与它们交往，不是出于理智，而是傲慢自大，顽固不化。

第三节　最大的智慧是承认无知

　　但是，再回到我的话题，我们自己又是怎么样的呢？反复无常，犹豫不决，游移不定，痛苦，迷信，担心未来的事，甚至担心身后的事，野心，吝啬，嫉妒，羡慕，贪婪无度，战争，谎言，不忠，诽谤和好奇。当然，还有自我吹嘘的这种高超推理能力和这种判断认识能力；但是就因为这样，我们不断地陷入数也数不清的情欲纠纷之中，使我们为此付出惊人的代价。此外，像苏格拉底说的，还有一个明显的优点使我们超过其他动物，这是值得欣慰的，那就是大自然使其他动物都有一定的有节制的发情期，而让我们随时随刻都要纵情发泄。"对病人来说，酒有百弊而无一利，酒的害处大大多于好处，因而宁可绝对禁饮，不要抱着治病的幻想而让他们冒明显的风险；同样，对人类来说，宁可大自然不曾慷慨大方地赋予这种我们称之为理智的思考力、洞察力和机灵性，或许那样还更好，既然这种能力，只对一小部分人是好事，

对大多数人是灾难。"(西塞罗)

我们可不可以看一看学识渊博给瓦罗和亚里士多德带来什么样的果实？有没有让他们免遭人生的艰辛？有没有让他们摆脱遇到梁上君子这类意外事？他们从逻辑学中找到了风湿痛的解药？因为了解到关节中渗入了这种体液，就减轻了风湿痛？因为知道某些国家把死亡当作一桩喜事就跟死亡妥协了？因为知道某些地区妻子是共有的就不在乎当乌龟丈夫了？那才不呢，他们一个在罗马人中间，一个在希腊人中间，都是文明鼎盛时代出类拔萃的学者，我们可也没有听说他们在生活中有什么特殊可言。而那位希腊人还忙于洗刷别人加在他头上的许多罪名。

有谁见过，就因为你会观测星象和精通语言，享受肉欲和健康时更加有滋有味？

因为他不识字，鸡鸡就会不够硬了吗？

——贺拉斯

觉得羞耻和贫穷更加容易忍受？

你可以躲过疾病和残废，

可以不犯愁不焦虑，

可以鸿运长寿。

——朱维纳利斯

以前，我见过生活过得比大学校长聪明和幸福的工艺匠和农夫何止上百，我宁可做这样的人。以我看来，学问属于生活中必需的东西，犹如光荣、高贵、尊严，或者更进一步美貌、金钱，以及其他这一类的品质，它们对生活也是真正有用的，但是间接地存在于想象中更多于实际中。

在我们的集体内，我们生活所需的公职、规则和法律，并不多于鹤和蚂蚁在它们的集体内所需要的。它们没有学问，我们看它们也生活得很有秩序。如果人聪明行事，那么对每个事物也会根据它对生活切实有用这一点来给予正确的估计。

如果对人的行动和行为进行估量，就会看出没有学问的人做的好事远比有学问的人做的好事多，我说不论在哪一种好事上。我觉得古代罗马在和平与战争方面，都比这个自行毁灭的文明罗马实现的成就更大。即使在其他方面不分彼此，至少古代罗马正直和无辜，一切简单纯朴，非常自在。

但是，这个问题我不谈了，它会使我身不由己地愈扯愈远。我还要说的是这句话，只有屈辱与服从可以影响一位正直的人。一个人有什么样的责任，不应该由他自己来评论。应该向他确定，而不是由他任意选择；不然的话，由于我们的理智和看法有说不尽的弱点和变化，我们会给自己定下一些责任，像伊壁鸠鲁说的，结果会使我们相互一口吞掉。上帝给人制订的第一条戒律是绝对服从，这是一条不容置疑的戒律，人不需要去探究原因和争辩，因为服从是一颗理智的心灵的主要责任，承认至高无上的天主。从服从与退让产生一切美德，犹如从骄傲产生一切罪恶。因而，魔鬼对人的第一个诱惑，也就是人的第一个毒药，是它转弯抹角答应我们说，我们将有学问与知识："你们便如神能知道善恶。"（《圣经·创世记》）在荷马的作品中，那些女妖塞壬为了诱惑尤利西斯，使他跳进她们设下的危险陷阱，这就是献给他学问这个礼物。

人类的瘟疫，是自以为懂事。这说明为什么我们的宗教谆谆教导我们愚昧无知是信仰和服从的根本前提。"你们要谨慎，恐怕有人用他的理学和虚空的妄言，不照着基督，乃照人间的遗传……就把你们掳去。"（《圣经·保罗达歌罗西人书》）

在这件事上，所有学派的所有哲学家都是一致的：一切的根本在于心灵与肉体的宁静。但是到哪儿去得到宁静呢？

圣贤只是及不上朱庇特；

他富有、自由、有声望、美，是国王的国王；

神采奕奕，只要不伤风感冒。

——贺拉斯

看起来好像是这样，大自然为了安慰人类的处境悲哀脆弱，使我们每人都有一份自负。这就是爱比克泰德说的：人没有什么是自己固有的，除了自以为是以外。我们大家共同的东西是美梦和幻想。

哲学家说，神有健康是实的，有病是虚的，而人有好事是虚的，有坏事是实的。我们努力发挥自己的想象力是很有道理的，因为我们的一切好事都只是在梦幻中。

听听西塞罗又怎样提到这个可怜的多灾多难的动物的。他说："没有工作比搞学问更加美好，我们通过学问，对天地万物、海洋星球，无所不知，无所不晓；我们通过学问懂得了宗教、节制、大勇行为，使我们的心灵摆脱黑暗，看到人间万象，世事沧桑；我们通过学问获得生活幸福的保障，欢度人生的指引。"他谈的岂不是永生万能的上帝？

实际上，许多小妇人在村子里过的一生，比他的一生要宁静、甜蜜和稳定。

> 一位神，不错，高贵的孟尼厄斯，
> 他首先找到这条称为明智的生活准则，
> 通过它使生活走出黑暗和风暴，
> 进入非常宁静光明的境界。
>
> ——卢克莱修

这些话说得非常美丽动听；但是尽管神传授他最高的智慧，一桩小事故就使他精神错乱，比最低微的牧童还不如[①]。

德谟克利特一部书中的诺言也是同样冒失："我以后可以无事不谈。"还有亚里士多德留给我们的愚不可及的头衔：寿命有限的神。还有克里西波斯的评语：狄翁的德操可比上帝。我的塞涅卡承认上帝给了人生命，安排好人生则靠的是人自己。这与西塞罗是相一致的，他说：我们夸耀自己的美德是很有道理的；只靠上帝而不靠我们自己，是不会有美德的。塞涅卡也有这样的话：贤人坚韧不拔不亚于上帝，但是有了人的弱点还做到这点，可见他胜过上帝。

这种狂妄的诡辩到处可见。我们中间绝没有人，因看到自己跟上帝相比，会像把自己贬为其他动物那样感到受了冒犯。因为我们维护自己的利益，超过维护上帝的利益。

但是我们应该铲除这种愚蠢的自负，雷厉风行地去动摇这些错误的看法得以存在的可笑的基础。只要人认为他的聪颖和力量来自自己，他就不会认识到上帝的赐予。俗语说：他总是拿蛋当成鸡，人的外衣应该剥掉。

让我们来看一看人在哲学理论上的几个例子：

波西多尼乌斯生重病，痛得他全身打滚，牙齿咬碎，就对病

---

① 卢克莱修晚年发疯。

魔大喊一声，表示卑视："你白费劲，我才不会说是你让我痛的呢。"他还不是跟我的仆人一样受苦受难，只是嘴上还自吹恪守自己的教规。

> 不要在语言上吹嘘，在事情上屈服。

——西塞罗

阿凯西劳斯患风湿病，卡涅阿德斯去看他，痛苦地告别后，他叫他回来，指给他看他的双脚和心胸，对他说："从这里是到不了那里的。"卡涅阿德斯听了觉得好受一点。因为病人有痛苦，愿意及早摆脱；但是他的心没有由于病痛而有所受损和软弱。另一位表示坚强——我认为——口头上多于心底里。伊拉克利阿的狄奥尼修斯患眼疾痛得死去活来，不得不抛弃斯多葛的信条。

当学问真的产生他们所说的效果，使我们在厄运中对痛苦十分淡漠，还是及不上没有学问更能处之泰然。哲学家皮浪在海上遇到大风暴，他表现出的平静在他的旅伴看来，充其量只与他们同行的那头猪一样——它瞧着风暴毫不畏惧。哲学的信条说到头来要我们模仿大力士和骡车把式，他们那些人平时对死、痛苦和其他艰辛从不那么大惊小怪，就会更坚定；没有这样天性的人有了学问也是达不到这一点的。

他人的孩子的娇嫩肢体比自己的孩子的娇嫩肢体更容易切开，

这不是因为无知是什么？对待马匹也是这样？单是想象力使多少人患上疾病？我们平时看到多少人放血、洗肠、吃药，为了治愈他们解说不清的毛病。当我们真正病了，学问只会使我们病上加病。这样的气色说明你有了卡他性充血症兆。这个热季会使你心情激动。你的左手生命线切断表示你不久将有大病。总之，学问肆无忌惮地打击你的健康。你的青春朝气无法长期保持，必须给它放掉一些血和精力，不然它会对你不利。

请比较一下他们的生活，一个是受想象力困扰的人，一个是天然需要满足后万事不操心的庄稼汉；后者想事情直来直去，不顾前思后，也不察言观色，他有病的时候才感觉痛；而前者往往在腰里还没有长上石头时，心灵已经压上了石头。仿佛他们到了痛时来不及痛似的，要在事前先想起痛，要走在痛的前面。

我谈的是医药，这方面的例子也适用于所有的学问。这就要提到怀疑论哲学家的一种老看法，他们认为承认自己判断的弱点是最大的益处。我的无知给我带来同样多的希望和恐惧，我要认识自己的健康，除了从他人的榜样和我在其他地方相似情况下看到的事件中去认识，没有其他依据；我会从中找到各种各样的例子，作出对自己最有利的比较。我张开双臂去迎接健康——自由的、全身心的健康；我刺激胃口去享受健康，尤其当我现在健康的日子更不常有的时候；我多么不愿意让一种新的限制性的生活方式无故地扰乱我的休息和安宁。动物可以向我们指出，心烦意乱会引起多少疾病。

据说，巴西的土著活到很老才死，大家归之于那里的空气明净纯洁，我宁可归之于他们心灵的明净纯洁，摆脱一切情欲、思虑和紧张或不愉快的工作，像那些人，在质朴无邪中度过一生，没有文化，没有法律，没有国王，也没有任何宗教。

还可以从经验中看出，最粗俗、最鲁钝的人在性交中最持久、最兴奋，赶骡的人做爱要比多情的人更受欢迎，是不是因为心灵的激动扰乱和挫伤了肉体的力量？

心灵的激动是不是也会扰乱和挫伤心灵本身？心灵的力量在于灵活、尖锐、敏捷，然而是不是也因灵活、尖锐、敏捷而使心灵困扰，陷入疯狂？是不是最精微的智慧产生最精微的疯狂？犹如大爱之后产生大恨，健壮的人易患致命的病；因而，心灵激动愈少愈强烈，养成最出奇、最畸形的怪僻；旋踵之间就可以从一个状态转入另一个状态，从失去理性的人的行动中可以看出，用脑过度必然产生疯狂。谁不知道任凭思想放浪不羁疯疯癫癫，和严守德操一丝不苟臻于极点，这两者的区别几乎是不可察觉的，柏拉图说忧郁的人是最可塑造和最杰出的人，因而也是最易陷入疯狂的人。

多少英雄志士都是毁在他们自身的力量和聪明上。塔索是意大利最明事理、最聪敏的诗人之一，作品透剔晶莹，古意盎然，长期来其他诗人都难望其项背，就因为他天才横溢，思想活跃，最后成了疯子。毁了他的神志的这种敏思，使他失明的这种明白，使他失去理性的这种对理性的不差毫厘的理解，使他变得痴呆的这种对学问孜孜不倦的追求，使他既不用操练也不用思想的这种罕见的思想操练，这一切有什么值得他感激的呢？当我在弗拉拉看到他时，他萎靡不振，死气沉沉，既不知自己是谁，也认不出自己的作品，引起我的愤怒多于同情；他的作品未经修改也未加整理就出版，他虽看在眼里，已不知道出自何人之手。

你是不是要一个身心健康的人？你要他行为规律，做事踏实？那就让他不懂事，游手好闲和蒙昧无知。人笨了才会变得聪敏；眼睛瞎了才会让人引路。

如果有人对我说凡事有利必有弊，对痛苦和坏事感觉迟钝的人，对欢乐和好事也不会享受很充分，真是这么一回事；但是人类的悲哀是可以高兴的事远远没有应该逃避的事多，极度的快乐也不及轻微的痛苦感觉深。"人对欢乐不及对痛苦那么敏感。"（李维）我们体会全身健康不像体会一点病痛那么强烈。

> 健康时谁都不在意，
> 皮肤轻轻一扎则全身不舒服。
> 不生肋膜炎和风湿病是乐事；
> 身体好时对此几乎毫无意识。

——拉博埃西

人的福气就是没有病痛，这说明为什么最推崇欢乐的哲学学派，要把没有病痛算作是真正的欢乐。一点没有病痛，也是人所能期望的最大的福气；像埃尼厄斯说的：

没有痛苦就是很大幸福。

某些欢乐伴随着挠痒和针刺感觉，这种感觉好像使我们超越了简单的健康和无病痛，这个欢乐是积极的、流动的——我不知如何——也是灼人刺骨的，其实它也是把无病痛作为目标。我们渴望跟女人作伴的欲念，只是驱散欲火带给我们的困扰，只是让欲火平息，不再思念而已。其他的欲念也是如此。

我要说的是，如果思想单纯引导我们走向无病痛，那是引导我们走向一个对人来说的美好境界。

可是决不要把这种无病痛想象得非常沉重：对什么都不感兴趣。如果伊壁鸠鲁的无病痛思想基础被说得那么悬乎，病痛既不会来自外界，也不会生自内心，那么克朗道尔反对伊壁鸠鲁的无病痛论是很有道理的。这种无病痛论既不可能也不可喜，在我是不会去赞扬的。我很高兴不生病；但是，我若病了，我愿意知道我是病了；有人给我烧灼或开刀，我愿意有感觉。说实在，若使病痛的感觉消失，欢乐的感觉也会消失，最后也会把人毁了。"心灵的残酷、肉身的麻木，才会换来这种无知无觉。"（西塞罗）

病痛有时对人是有好处的。人不可能总是躲着痛苦，也不可能总是追求欢乐。

当学问无法使我们挺起胸膛抵挡病痛的压力时，也会把我们投入无知的怀抱，这也是无知的一大荣耀；学问不得不出此下策，由着我们自生自灭，不再来援助我们，让我们躲在无知的卵翼下避开命运的鞭挞和凌辱。

今日说的无非是：学问教育我们抛却那些压在心头的烦恼，去回忆过去的欢乐，利用从前的好时光去医治眼前的痛苦，召回昔日的幸福去抵消迫在眉睫的心事："为了减轻我们的忧虑，应该（按照伊壁鸠鲁）在脑海中排除一切悲哀的念头，留下愉快的思想。"（西塞罗）这实在是学问无能为力时使用的诡计，当身体和胳臂的力量不济时利用两腿做灵活动作。因为，不但是哲学家，就是普通人，当他身上发热、口渴难熬时，要他去回想希腊葡萄酒的美味，这算是怎么一回事？这只会弄巧成拙。

　　　回忆从前的好事使人痛上加痛。

——但丁

另有一条哲学思想，那是属于同一性质的；在记忆中保留从前的幸福，而消除受过的苦难，仿佛我们有能力掌握遗忘的本领。下面这样的思想只会坏事。

过去的艰辛是甜蜜的回忆。

——西塞罗

哲学应该把武器交到我们手里去跟命运抗争，应该使我们鼓起勇气把人间不平都踩在脚下，怎么可以这么软弱无力，要我们像兔子似的胆小怕事，拔腿逃跑呢？因为记忆中反映的不是我们选择的东西，而是记忆乐于保存的东西。所以什么东西也比不上遗忘的欲望会那么深地留在记忆中。愈是努力要遗忘的东西，愈是会在记忆中保留长久和完整。

"在脑海中把我们的不幸忘得一干二净，永远想不起来，只记住那些美妙愉快的幸福，这取决于我们。"（西塞罗）这句话是错的。"我可以回忆我不愿回忆的东西，我却不能忘记我愿意忘记的东西。"（西塞罗）这句话是对的。这话是谁说的呢？是"敢于独自宣称自己是贤人"（西塞罗语。影射伊壁鸠鲁)的那个人，

他的绝世天才超过众人，
像旭日东升，使星辰黯然失色

——卢克莱修

排斥记忆和遗忘过去，是不是无知的真正的必由之路？"无

知只是我们痛苦的一张狗皮膏药。"（塞涅卡）我们还看到许多类似的格言：当健全的理智无能为力时，只得求助于庸俗，做一些无聊的表面文章，只要它们能使我们感到满足和安慰。当创伤不能治愈时，减轻痛苦和麻木感觉也就令人心满意足了。我相信他们不会否定我的这句话：由于判断的缺点和弊病，使生活沉溺于欢乐和无所事事，如果哲学家在这样的生活中能够加强秩序和稳定，他们还是会接受这样做的：

> 我要首先饮酒和撒鲜花，
>
> 被当作疯子也无所谓。

——贺拉斯

有不少哲学家同意里卡斯的看法：他是一个循规蹈矩的人，跟着一家子过和平宁静的生活，对家人和客人从不失礼和失责，对有害的东西敬而远之；但是由于精神异常，总有一种奇怪的幻觉；他觉得永远是在一座剧场内，观看娱乐节目和世界上最美的戏剧演出。他的医生给他治愈了这种怪病，他却上告到法院，要他们恢复他的美妙的幻想能力。

> 他说，我的朋友，你们是杀了我，
>
> 不是救了我！你们剥夺了我的欢乐，

破坏了我那么甜蜜的幻想……

——贺拉斯

毕托杜罗斯的儿子特拉西拉乌斯，也有相似的幻觉；他相信进入和停靠在比雷埃夫斯港口的船只都是为他服务的：他很高兴船只航行顺利，快活地迎接它们。他的兄弟克里托使他的神志恢复正常，他很遗憾丧失了以前的状态，那时他的生活无忧无虑，充满了欢乐，就像下面这句希腊古诗说的：

不聪不明，一切省心。

——索福克勒斯

据《传道书》记载："因为多有智慧，就多有愁烦。"还有："加增知识的，就加增忧伤。"

哲学一般也同意这一点：无论哪个忧患，总有最后一张药方可治的，那就是我们感到生命无法忍受时，可以结束它。"生活使你喜欢吗？那就忍受它。生活不再使你喜欢吗？那就由你从哪条路离开！"（塞涅卡）

"你感到痛了吗？要想到它还会将你撕碎。你若不能防卫，就伸出脖子听宰；你若有伏尔甘的武器可以自卫，那就鼓起勇气反抗。"（塞涅卡）希腊人在宴席上用的是这句话："要么喝酒，要么离席。"（加斯科涅语把"喝酒"改成"生活"，那要比西塞罗这句话更适当。）

> 若不懂好好生活，把位子让给懂的人；
>
> 你玩够，吃够，喝够，
>
> 该是离开的时候，
>
> 免得喝过了头，成为年轻人的笑柄。
>
> ——贺拉斯

无非是承认自己无能；为了保护自己，不但回到无知，还回到愚蠢、无感觉、无存在，还有别的吗？

> 德谟克利特知道来日无多，
>
> 智力大大下降，
>
> 欣然伸出头颅接受死亡。
>
> ——卢克莱修

安提西尼斯说过这样的话：我们需要保留一点神志去听话，保留一根绳子去吊死。克里西波斯引用诗人提尔泰奥斯的话：不是走向德操，就是走向死亡。

克拉特斯说，时间或饥饿可以治愈爱情，这两种方法都不行，那还有上吊。

塞涅卡和普鲁塔克谈起这位塞克斯蒂厄斯肃然起敬；塞克斯蒂厄斯抛下一切从事哲学研究，看到自己的研究工作进展太慢，时间太长，毅然决然投入海中。他得不到学问，就追求死亡。哲学家对这个问题有这样的说法：如果发生什么重大的不幸无法挽回时，海港就在附近；人脱离他的身体，就像脱离一艘沉船；愚人紧紧抓住自己的身体不放，不是出于生的欲望，而是出于死的恐惧。

如同我在前面说的，纯朴使生活更愉快，也更无辜，更善良。圣保罗说："纯朴的人和无知的人上升到天国，我们带着我们的学问沉入黑暗的地狱。"我不谈公开与学问和文艺为敌的瓦伦蒂尼恩，也不谈利西尼厄斯，这两位都是罗马皇帝，说学问和文艺是任何政体中的毒液和瘟疫；也不谈穆罕默德，我听说他不许他的信徒有学问；但是我要谈的是这位伟大的利库尔戈斯，他的权威应该有举足轻重之势；还要谈对这个神圣的斯巴达政体的崇敬之情，这个国家不提倡文艺活动，在美德和幸福方面的表现却那么伟大，那么令人赞叹，国力欣欣向荣历久不衰。在我们祖辈那个时代，西班牙人发现了新大陆，从那里回来的人可以向我们作证，那里的国家没有官僚，没有法律，却比我们的国家更守法，更有秩序；我们这里官员比老百姓还多，法律比事务还琐碎。

他们的双手和口袋里

满是传票、诉状、通知、

委托书、成卷的注释书、

咨询单、案卷。

靠了这些，可怜的老百姓

在城里没有安宁日子：

前面，后面，两边，都是

公证人、诉讼代理人和律师。

　　　　　　　　　　——亚里奥斯托

近代一位罗马元老说，他们的前辈嘴里喷出的是大蒜味，肚里装的善良心；而他这个时代的元老身上香气扑鼻，腹内藏污纳垢；我想这就是说，他们知识丰富，傲气十足，然而缺乏善良。不懂礼、无知、单纯、粗鲁，必然与无辜是一起的，而好奇、精明、知识丰富后面跟着狡猾；谦卑、畏惧、服从、和气（这些都是人类社会遗留下去的主要品质）必然要求一个人心灵单纯、顺从、不自以为是。

　　基督徒对这点是非常明白的：好奇是人与生俱来的一个缺点。增进智慧和提高学问，是人类的最初堕落；沿着这条道路跌入万劫不复的地狱。骄傲使人失足，使人腐化，骄傲使人脱离众人走的道路，使他标新立异，使他要当领袖，带领一批迷途的乌合之众，走向沉沦；宁可当满口胡言和谎言的头目，不愿做真理学校的弟子，由别人携着手领上一条光明大道。这可能就是这句希腊古诗的含义：迷信跟随骄傲，对它敬重若父。（苏格拉底）

哦，骄傲！你太妨碍我们了！自从苏格拉底听说智慧之神赠给他智者的称号，他十分惊讶；他苦思苦想，也找不到这句神圣判决的根据在哪儿。他认识有的人跟他一样正直、节制、勇敢、博学，有的人比他更雄辩、更高尚、更有益于国家。他最后得出结论，他只是不自以为是，才与众人不同，才成为智者；他的上帝认为人最突出的愚蠢是认为自己有学问有智慧，他的学说是推崇无知的学说，他最大的智慧是纯朴。

《圣经》说，我们中间谁自以为了不起，谁就是可怜的人。"尘土，你有什么自豪的呢？"在另一处："上帝造人像影子；当光明移走时，影子也消失了，谁将对他作出判断？"① 实际上，我们都是虚空。

凭我们的能力要了解神的深邃，还差得很远，我们创造主的工作都带了他的印记，是我们最难窥其深奥的工作。遇到一件不可信的事，对于基督徒来说，是一次信仰的机会。愈是违反人的道理，就愈是符合神的道理。若符合人的道理，那就不是奇迹了；若符合某种例子，那就不是异事了。圣奥古斯丁说："不理解上帝

———————

① 这两句引语的意思出自《圣经》，但是《圣经》上的句子不是这样。

才是较好地理解上帝。"塔西佗说:"相信神的行动,比理解神的行动更虔诚、更尊敬。"

柏拉图认为,对上帝、对世界、对万物的起因,过分好奇地去打听,带有不信宗教的罪恶。

而西塞罗说:"说实在的,宇宙之父是很难理解的;人若能发现他,让他暴露在凡人面前,这是一件亵渎行为。"

我们说力量、真理、正义,这些话包含某些伟大的东西;但是这些东西,我们看不到,也想象不出。我们说上帝担心,上帝发怒,上帝爱,

用易朽的字眼表达不朽的东西。

——卢克莱修

这些激动和感情不可能以我们的形式加在上帝身上;我们也无法想象在他的身上是怎样表现的。那只有上帝知道,并由上帝来阐述的工作。我们这些人匍匐在地上,他为了使我们理解,降临我们身边,使用我们的语言作不确切的表达。

以谨慎为例,谨慎是对善与恶的选择,既然恶从来与上帝无缘,谨慎怎么可能用在他的身上呢?以理智和聪明为例,我们使用理智和聪明是为了辨明模糊不清的东西,既然上帝决不会模糊不清,理智和聪明又怎么样呢?正义,那是人的社会和集团的产

物，把属于每人本分内的东西交给每人，上帝心中怎么会有它呢？节制又如何？它指肉欲的适度调节，这在神性中是没有位子的。在痛苦、劳累和危险中坚韧不拔，对他也是漠不相关的，因为他决不会遇上这三件事。因而亚里士多德认为上帝跟美德和罪恶都是不沾边的。

> 他不会恨，不会爱，这些都是弱者的情欲。
>
> ——西塞罗

我们要积极去认识真理，我们已经得到的认识，不管程度怎么样，不是依靠我们自己的力量得到的。上帝已经对我们进行不少教育，通过他选择平凡的人、心地单纯的人和无知的人作为证人，向我们显示他的惊人的秘密：我们的信仰不是我们的收获，纯粹是上帝的慷慨赠礼。这不是通过我们的推理和领悟使我们接受了宗教，而是通过外界的权威和训诫。促成我们这样做的，得力于我们不强的判断力更多于强的判断力，盲目更多于明白。我们理解这些神圣的道理，是通过我们的无知更多于通过我们的学问。如果我们先天和后天的智力，不能想象这种超自然和天上的事，也不必大惊小怪：我们只要表示顺从和皈依。因为，像《圣经》上所记的："我要灭绝智慧人的智慧，废弃聪明人的聪明，智慧人在哪里？文士在哪里？这世上的辩士在哪里？神岂不是叫这世上的智慧变成愚拙么？世人凭自己的智慧既不认识神，神就乐意用人所当作愚拙的道理，拯救那些信的人。"（《新约·保罗达哥林多人前书》）

可是，我还是应该看一看，人是不是有能力发现他寻找的东西，人那么多世纪以来寻找真理，是不是使自己获得一些新的力量和坚实的真理。

我相信，他若说心里话，就会向我承认，他多年来追求所得到的，只是他懂得了认识自己的弱点。我们与生俱来的无知，经过我们长期的探索，得到了肯定和证明。真正有知识的人的成长过程，就像麦穗的成长过程：麦穗空的时候，麦子长得很快，麦穗骄傲地高高昂起；但是，当麦穗成熟饱满时，它们开始谦虚，垂下麦芒。同样的，人经过一切尝试和探索后，在一大堆洋洋洒洒的学问知识中，找不到一点扎实有分量的东西，发现的只是过眼烟云，也就不再自高自大，老老实实承认人的天然地位。

这也是维来乌斯对科达和西塞罗的责备：他们从菲洛那里学到的是什么也没学到。

希腊七贤之一佩雷西德斯临死前写信给泰勒斯："我嘱咐家里人在把我埋葬以后，把我的著作带给你；如果你和其他贤人读了高兴，就把它们出版，否则就销毁它们；里面没有一条信念是我自己感到满意的，所以我不能宣称我懂得真理和达到真理。我只是提到这些问题，不是发现这些问题。"

从前那位最智慧的人①，当有人问他知道什么，他回答说他知道的只有这件事，就是他什么都不知道。他还证实有人说的下面这句话是对的：我们知道的东西再多，也是占我们不知道的东西中极小的一部分；这就是说，我们以为有的知识，跟我们的无知相比，仅是沧海一粟。

柏拉图说，我们知道的东西是虚的，我们不知道的东西是实的。

> 几乎所有的古人都说，我们不可能认识什么，理解什么，知道什么；我们的感觉是有限的，我们的智力是弱的，我们的人生又太短了。
>
> ——西塞罗

即使西塞罗，他的一切价值在于他学识渊博，弗勒利厄斯说他在晚年时也开始贬低学问。当西塞罗做学问时，他也不受任何一方的约束，他觉得哪个学说实在，就一会儿追随这个学派，一会儿追随另一个学派，但是始终受学院派宣扬的怀疑论的影响。

---

① 指苏格拉底。

第四节　学者像变戏法的魔术师

> 应该说话，但不表示任何肯定；我始终在寻找，时常在怀疑，不相信自己。
>
> ——西塞罗

如果我愿意从一般和笼统的角度来看待人，那我是在避重就轻。我可以按照人的特有的规则来做，这种规则不是以声音的分量，而是以声音的票数来判断真理的。普通人暂且不论。

> ……他醒着还打呼噜……
> 他生几乎是死，虽然活着，眼睛看得见。
>
> ——卢克莱修

他没有感觉，没有判断，让自己大部分的天赋弃而不用。我要以精英人物为例。让我们考虑极少数百里挑一的优秀人物，他们生来精力充沛，聪敏过人，又经过精心培养，博闻强记，更显得神思飞逸，不同凡响，在智慧上达到登峰造极的地步。他们的心灵也上下探索，开拓思路，天地古今，兼收并蓄，一切务求多得；在他们的身上蕴藏了发挥得尽善尽美的自然本性。他们以制度和法律治理世界，以文艺和学问教育天下，还以自身的良好品德来开导大家。我只以这样的人以及他们的见证和经验作为议论的内容。让我们看他们达到什么样的成就，他们得到什么样的结论。这个精英集团中还存在什么邪恶和缺点，大家也可以毫不在乎地承认自己也在所难免。

寻找东西的人，都会遇到这么一个阶段：或者他说找到了东西，或者他说没有找到东西，或者他说还在找东西。所有的哲学无不属于这三类中的一类。哲学的目的是寻找真理、学问和信念。逍遥派、伊壁鸠鲁派、斯多葛派和其他人相信他们已经找到了。这些人承认我们现有的学问，并把它们当作肯定无疑的。克利多马库斯、卡涅阿德斯和学院派寻找得灰心绝望，认为我们没有能力去认识真理。他们的结论是人就是软弱和无知，这个学派的信徒最多，人物也最杰出。

皮浪和其他怀疑论者或未定论者（他们的学说，都是古人从荷马、七贤人、阿基洛克斯、欧里庇得斯，还有芝诺、德谟克利特、色诺芬那里摘录的），他们说他们还在寻找真理。这些人认为自以为已经找到真理的人真是大错特错了；至于第二类人肯定人的力量无法达到真理，他们也认为这个结论下得过于仓促和虚妄。因为，测定人的能力范围，认识和判断这些事的困难性，这是一项巨大和最艰难的学问；他们怀疑人是不是能够解决这个问题。

> 相信什么都不知道的人，不知道
> 自称不知道，是不是也算是知道。
>
> ——卢克莱修

知道自己无知，判断自己无知，谴责自己无知，这不是完全的无知；完全的无知，是不知道自己无知的无知。因而皮浪派宣扬的是犹豫、怀疑和探询，什么都不肯定，什么都不保证。心灵的三个功能：想象、欲望和同意。他们接受前两种功能；最后一种功能，他们让它处于模棱两可的状态，不对任何一边表示哪怕是一点点的偏向和倾斜。

芝诺用手势描述他对这部分心灵功能的想象：手掌张开表示可能性，手掌半张、指头微曲，表示同意；抓紧拳头表示理解；用左手把这个拳头抓紧，表示知识。

皮浪派的这种判断能力是直的、不可弯曲的，接纳一切事物，又对它们不作理会，不置可否，引人进入不动心境界，生活平静，无论我们以为有了什么意见、印象、知识，心灵都不会受外界的干扰。不然会引起恐惧、吝啬、羡慕、过度的欲望、雄心、骄傲、迷信、猎奇、反抗、不服从、顽固和大部分肉体痛苦，他们甚至对自己的学说也不脸红脖子粗地不容许有异议。他们辩论时温文尔雅。他们不怕对他们的争论进行反击。当他们说重物往下坠落，别人相信了他们不仅感到过意不去，还要求人家驳斥，这样可以对他们的判断产生怀疑和不作结论，这是他们的目的。

他们提出自己的论点，只是为了跟他们认为我们深信不疑的论点进行交锋。假使你采用他们的论点，他们也很乐意去支持相反的论点：一切对他们都是一样的，他们没有什么要选择的。你若说雪是黑的，他们争辩说雪是白的。你若说雪既不是黑的也不是白的，他们就会坚持雪既是黑的又是白的。如果你从某一判断来说什么都不知道，他们就会肯定你是知道的。是的，如果你对一条公认的原理表示怀疑，他们就会跟你辩论说你并没有怀疑，或者你不能够确定和证明你是在怀疑。这种极端的怀疑，动摇了怀疑的本身，他们自己也分成许多不同的看法，甚至跟那些曾从各方面主张怀疑和无知的看法也不相同。

他们说，如果独断论者一个说绿，一个说黄，那他们为什么不能表示怀疑呢？是不是有这样的论点，有人提出来后不接受就得拒绝，就是不能认为是折中的？

有的人由于他们国家的习俗，或者父母的教育，或者经常在懂事以前没有判断和选择能力，像遇到一场风暴似的非常偶然，选择了这个或那个看法，斯多葛的或伊壁鸠鲁的学派，此后永远附在上面再也不能脱身，仿佛吞进了鱼钩不能摆脱："他们依附任何哪个学派，犹如风浪把他们抛上一块礁石，紧紧抱住不放。"（西塞罗）但是那些人为什么不能同样维护自己的自由，不在约束和奴役下去考虑事物呢？"他们的判断力愈是不受影响，他们愈是自由和独立。"（西塞罗）自己可以摆脱其他人所受的必要束缚，不是一种优势吗？凡事疑而不决，不是胜过陷入幻想所产生的种种谬误吗？暂且不作决断，不是强于参加乱哄哄的纷争吗？

我将选择什么？——只要你选择，一切都听你的！——这是一个愚蠢的回答，可是我觉得独断派就是这样回答的，他们不允许我们不知道我们不知道的东西。

你参加信徒最多的那一派吧，为了维护它，你不得不跟近百个敌对派别开战交锋，那也是没准的。那么不如置身事外，落得个清净？你可以采纳亚里士多德的灵魂不灭学说，当作你的荣耀和生命，这样必须反驳和否定柏拉图；对他们就不允许去怀疑了吗？

珀尼西厄斯完全可以对内脏占卜术、详梦、神谕、卜卦不提自己的看法，而斯多葛派对此是笃信的。珀尼西厄斯敢对老师教授的学说表示不同看法，这些学说还是他参加的这个学派一致同意的，他自己参加讲课的。为什么一位贤人就不敢像他那样在一切事情上表示怀疑呢？

如果由一个孩子作判断，他还不懂事；如果由一位学者作判断，他已有先入为主的看法。皮浪派不必顾虑保护自己，也就在交锋中得到一种很重要的优势；只要他们在攻击别人，也不在乎别人攻击他们；怎么也可达到他们的目的。如果他们赢了，你的看法站不住脚；如果你赢了，他们的看法站不住脚。如果他们理屈词穷，他们证实了无知；如果你哑口无言，你证实了无知。如果他们证明没有东西是可知的，这就好；如果他们不能够证明这点，那也不错。"因而在同一个论题上，正反两方面的理由都是相等的，那样对双方来说更容易不作出判断。"（西塞罗）

他们更加热衷于引证为什么一件东西是错的，而不是引证一件东西为什么是对的；指出它不存在，而不是它存在；提到他们不相信的东西，而不是他们相信的东西。

他们议论的方式是这样的：我什么也不确定；这个并不比那个更实在；也没有一个比另一个更实在；我一点不懂；一切的可能性都是相等的；赞成与否定的表达方式也是相同的。什么看来都不像真的，但也看来不像假的。他们的箴言是：我议论，但不作结论。

这是他们的老调，还有其他的内容也相差不远。实际效果是单纯的、完全的、彻头彻尾的不作判断。他们运用自己的理性去调查，去辩论，但不作决定，不作选择。谁能想象出不论在什么场合，没完没了地表示无知，不偏不倚地不作结论，他就理解了什么是皮浪主义。

我尽我的能力在表达这个抽象的概念，因为许多人觉得这很难理解，即使那些学者也各说各的，含糊不清。

至于他们的生活行为，还是跟平民百姓没有两样。他们要服从自然要求，满足情欲冲动，遵守风俗习惯，尊重文艺传统。"因为上帝要我们使用事物，不要我们认识事物。"（西塞罗）他们在日常行动中任凭这些原则的指引，不表示意见与评论。这使我没法把有人对皮浪的看法跟这条道理配合起来。他们说他愚蠢、麻木，过着逃避人世的遁迹生活，不会躲开小车的冲撞，伫立于悬崖之前，不愿服从生活规律。这超过了他的学说。他不愿意变成石块或木头；他要做一个有生命的人，演说、推理，享受生活中的一切乐事，正当健康地利用和发挥肉体和精神上的一切潜力。有人僭用想入非非、虚无缥缈的特权，去任意支配真理、安排真理和创立真理，皮浪开诚布公，对这些特权敬谢不敏。

可是，没有一个学派不是被迫允许它的贤人——如果他要活下去的话——接受不少未被理解、未被领悟、未被同意的东西。举例来说，当他去航海时，他按照一张图——并不知道这张图对他有没有用，同时假定船是好的，船长是有经验的，季节是适当的——航行条件一切具备后，他就出海，听任事物的表面现象摆布，除非这些现象是明显矛盾的。他有一个肉体，他有一个心灵，感觉推动他，精神使他亢奋。他不能在心中找到这个固有的奇异的判断信号，他发现他不能对什么作出允诺，因为有的事情就是似是而非的，他还是充分地和自在地承担生活的责任。

　　把学说建立在推测上更多于建立在知识上；辨别不清真与假，而只是追求表面现象，这样的学派有多少？皮浪派说，真与假是存在的，我们可以去寻找，但是没法用试金石去作出决定。

　　我们不去追究宇宙的秩序而随波逐流，对我们反而更好。一个不抱成见的灵魂可以迅速达到宁静。凡是评判和监视他们的法官的人从来不会低首下心。那些心灵单纯、不管闲事的人，远比那些对宗教和人间事业虎视眈眈、高声嚷嚷的人温良恭顺，更容易接受宗教和政治的法则！

　　在人类的创造中，还没有哪个学说包含那么多有用的准真理。它说人是赤裸裸的，空的，认识天生的弱点，宜于从上天汲取外界的力量，弃绝人间的知识，为了在心中更好地接受神的知识，清除自己的判断，为信仰留出位子；不信教，但也不建立学说反对大家奉行戒律；谦逊，服从，守规，勤奋好学；对异教恨之入骨，对左道旁门宣传的异端邪说毫不沾边。他是一张白纸，上帝的手指可以在上面打任何印记。我们愈是要皈依上帝，我们愈是要弃绝自己，我们本身的价值也愈高。《传道书》说，日复一日，事情出现在你面前，不论什么样子，不论什么滋味，你从好处接受它们；其余不是你能认识的。"耶和华知道人的意念是虚妄的。"（《圣经·诗篇》）

　　三大哲学学派中，有两派标榜怀疑和无知，第三派是独断派，不难发现其中大多数信徒摆出不怀疑的面孔，完全是装装样子。他们并没有想到提供某种确信，向我们指出他们在这场追逐真理的过程中达到什么阶段：这些学者是在假设真理，而不是在认识真理。（李维）

当蒂迈欧要告诉苏格拉底他对上帝、世界和人的认识时，建议他们像两个普通人那样谈话，如果他的道理跟另一个人的道理同样说得过去，他就感到满足了：因为确切无疑的道理不掌握在他的手中，也不掌握在任何一个人手中。

他的一位同道是这样模仿他的话的："我尽我的可能说明自己的意思，并不是我的话像阿波罗的神谕那样肯定，不容置疑：我是软弱的人，我通过猜测去发现类似真的东西。"这里谈的是一个自然大众的话题——对死的蔑视。他另外又根据柏拉图的话演绎蒂迈欧："我们有时谈到神的本质和世界的起源，没有达到目的，这也不足为奇；我们只须记住：我说话，你判断，我们都只是凡人；我若跟你谈的只是可能性，你也不要有更进一步的要求。"

亚里士多德一般罗列一大堆其他人的看法和信仰，跟自己的看法和信仰作比较，给我们指出他走出多么远，他又怎样更接近准真理，因为真理不是由别人的权威和见证可以判断的。因而伊壁鸠鲁在他的著作中小心翼翼地不提别人的一条引证。亚里士多德是独断派的王子；可是，我们也从他那里得知，知识愈多，怀疑也愈大。我们看到他有意用暧昧晦涩的词句来掩盖自己，使人如坠入五里雾中，没法看清他的意见是什么。实际上，这是以肯定形式出现的皮浪主义。

听一听西塞罗的争辩，他用自己的幻想去解释他人的幻想："谁要了解我们对每个事物的想法，只会愈打听愈好奇。有一条哲学原则：对一切进行争辩，对什么都不作结论，这条由苏格拉底建立的，由阿凯西劳斯重提的，由卡涅阿德斯加强的原则，流传至今，还保持生命力。我们属于这个学派，相信真与伪始终纠缠一起，两者如此相像，没有肯定的标志可以判断和区分它们。"

不但是亚里士多德，还有大多数哲学家都指出真理难找，那是为什么？难道是强调这个课题的无谓性和满足心灵的好奇，让哲学家白磕牙，让他啃一块没肉没骨髓的骨头。

克利多马库斯说他读了卡涅阿德斯的著作，从来不知道他是什么意见。为什么伊壁鸠鲁在著作中从不说明白，而赫拉克利特的外号叫"黑暗"？学者像变戏法的魔术师，为了不暴露自己理论的空洞，把难懂作为一块硬币来玩弄，人因愚蠢又很容易上当受骗。

> 他靠晦涩的语言在无知者中间赢得了名声，
> 因为愚人欣赏和赞美
> 在模棱两可的语言下掩盖的东西。
>
> ——卢克莱修

西塞罗责备他的朋友在星相学、法律学、辩证法、几何上花费太多不必要的时间；这使他们顾不上去履行更有益、更真实的生活责任。昔兰尼加哲学家同样轻视物理和辩证法。芝诺在他的《共和国》那些书中开宗明义地称一切自由学科都是无用的。

克里西波斯说，柏拉图和亚里士多德撰写逻辑学，是出于消遣和练习。他不相信他们对这么空洞的课题有什么可以说的。普鲁塔克对形而上学也这样说，伊壁鸠鲁谈到修辞学、语法学、诗歌、数学以及除了物理以外的所有学科，也是这种态度。苏格拉底否定一切学科，除了风俗和生命研究。不论别人问他什么，苏格拉底总是先要问话者向他交代他的过去和现在的生活情况，他以此作为提问和判断的内容，认为其他一切都是从属的和衍生的。

"这类书不能增加撰写者的美德，也就不会叫我感兴趣。"（萨卢斯特）大部分学科遭到知识本身的蔑视。但是他们没有想过，在一些没有实际利益可言的课题上殚精竭虑也是不合适的。

况且，有的人说柏拉图是独断派；有的人说他是怀疑派；此外还有人说他在某些事上是独断派，在某些事上是怀疑派。

苏格拉底是《对话集》中的主要人物，他总是提问题，活跃辩论，从不打断，从不满足，他说除了相互对立的学问以外没有其他学问。

荷马是他们的鼻祖，奠定一切哲学学派的基础，但是我们往哪个方向去，在他是无可无不可的。有人说，十个不同的学派都源自柏拉图。因而，以我看来，既然他的学说摇摇摆摆，不置可否，这些衍生的学说也不会相差太远。

苏格拉底说，助产妇在帮别人接生时，自己不得不放弃生孩子；而他，既然神给他智者的称号，也有育才的任务；他放弃以男性的爱情生育精神的孩子，而要帮助其他人去生育他们的孩子，打开智慧的产门，便利产道，让婴儿顺利出世，观测他的天分，给他施洗礼，喂养他，使他强壮，裹上褓襁，施以割礼，运用他自己的智慧去应付命运的福祸荣辱。

第三类哲学家大多数是这样的，古人已经在阿那克萨哥拉、德谟克利特、巴门尼德、色诺芬尼和其他人的著作中读到了。在他们的笔下，对实质是表示怀疑的，意图中探讨多于教育，字里行间也穿插独断派的论调。这在塞涅卡和普鲁塔克两人的著作中也是屡见不鲜的。谁看得仔细，就可以看出他们一会儿是这个面目，另一会儿是另一个面目！法律的调解人首先是往自己有利的方面调解。

我觉得柏拉图深知其中缘由，爱用对话形式讨论哲学问题，这样可以通过各人的嘴说出他自己的形形色色的想法。

用不同方式讨论问题，跟用相同方式讨论问题一样好，还更好，可以更丰富更有益。以我国为例，国家法令体现了独断派结论性文章的最高形式；我们的国会传达给老百姓的法律条款最有典型性，要老百姓对这个由能人组成的权威机构保持敬畏。这些文章的美妙不在于结论；结论对组成权威机构的人是日常的事，对执行法律的人是共同的事；美妙在于法律事务可以容忍那些不同的、矛盾的空论歪理，让人喋喋不休地清谈。

有的哲学家由于对某一事物表现出人性的犹豫不定，有的哲学家由于某一事物本身的流动性和不可知性而不得不承认无知；这时产生的矛盾和分歧，给各个哲学学派的论战提供了最大的战场。

脚下打滑的时候且慢下结论，这句老话不就是这个意思吗？像欧里庇得斯说的：

> 神的著作各不相同，
>
> 令我们无所适从。

恩培多克勒心中好像充满圣火似的在追求真理，他在书中多次提到："不，不，我们什么也感觉不到，什么也看不到，一切东西对我们都是隐蔽的，没有东西我们可以说是怎么样的。"再来看这句圣言："世人的思想是不豁达的，他们的主意和预见也是不确定的。"（《所罗门智慧书》）。然而抓不到猎物的人对打猎的兴趣依然不减，这也不要感到奇怪：学习本身就是一件愉快的工作，这件工作那么愉快，斯多葛派禁止的种种乐趣中，就有追求学问引起的乐趣，要加以节制，不可放任自流。

德谟克利特在餐桌上吃到几只无花果，味道如蜂蜜，突生异想，要弄明白这种不寻常的美味是从哪儿来的。他离开桌子要去看一看长这些无花果的果树；他的女仆明白了他忙乱的原因，笑着对他说不用费神了，这是她把无花果放在一只盛了蜂蜜的陶罐里。女仆使他失去一次探索的机会，剥夺了他的好奇心，他很懊丧，说："滚开，你叫我讨厌；可是我还是要把它当作天然甜味来找寻原因。"他高高兴兴地要给这个不存在的、假想的问题寻找真正的原理。

出自一位伟大著名的哲学家的这则故事，明白无误地向我们说明是学习的热情，才使我们追求我们苦于无法追求到的东西。普鲁塔克叙述一个相似的例子，有一个人不愿人家给他弄明白自己怀疑的东西，这样不会失去追求的乐趣；犹如另一个人为了不愿放弃借酒止渴的乐趣，不让医生给他开退烧药。"学习无用的东西总比什么都不学习好。"（塞涅卡）

好比我们的食品，有的纯粹是好吃，我们喜欢吃的东西不一定都是有营养和有利于健康的。同样，我们从学问中得到的精神粮食，虽然不一定有营养，有利于健康，但是可以很有乐趣。

他们是这样说的："观赏自然，是给我们的精神提供营养；使我们提高和升华，跟高尚和天上的事比较，我们就会轻视低微和地上的事。追求看不见的和伟大的事是一大乐趣，即使对于一无所获的人也是如此，由此会引起他对知识的敬畏之情。"这是他们的表白。

另有一则他们经常传说的故事，更明白地描绘了这种病态好奇心的无可奈何的形象。欧多克修斯向神请愿和祈祷，希望有一次走近太阳看一看，了解太阳的形状、大小、美，即使因而烧死也在所不惜。他愿意牺牲生命去换取一个他既无用也不会掌握的学问；为了这个瞬息即逝的知识，失去他已经获得和今后还会获得的各种其他知识。

我不容易使自己信服，伊壁鸠鲁、柏拉图、毕达哥拉斯给我们提出他们的原子、概念、数字，都是不移之论。他们都是大智大慧的人，会在一些不确定和有争议的东西上建立他们的信条。但是，每个这样的大人物都努力工作，要给这个混沌无知的世界带来一丝光明，他们开动脑筋，至少发明了一个愉快精致的假象；即使一切都是错的，也经得起各种不同的辩驳："这些学说都是每个哲学家的天才的假想，不是他们的发现的结果。"（塞涅卡）

有人责备一位古人，说他研究哲学，然而又不重视哲学的判断，这位古人回答，这才是真正的哲学探讨。他们愿意思考一切，比较一切，觉得这件工作最适合满足我们心中天生的好奇心。有的东西他们写下来是为了公众社会的需要，如他们的宗教著作；他们对大众接受的思想决不剥茧抽丝般的细评，这是很明智的，因为，他们不愿在国家遵纪守法方面制造混乱。

柏拉图对待宗教问题相当开诚布公。关于他的个人著作，他什么都不作肯定。他当立法者时，他的文章斩钉截铁，不容置疑；有时，也夹杂他的稀奇古怪的创见，对于说服百姓大众是有用的，对于说服自己则是可笑的，因为他知道我们这些人易受外界的影响，尤其是奇特强烈的影响。因而在他的《法律篇》中，他细心地只收入那些对群众道德有益的怪异故事；人的思想那么容易接受光怪陆离的事，为何不用有益的谎言去让他咀嚼，要比用无益或有害的谎言更有道理。他在《理想国》一书中说得十分露骨，为了大家的利益，时常不得不欺骗他们。

显而易见的是，有的哲学学派追求真理，有的哲学学派讲究有益，讲究有益的学派得到了信誉。经常在我们的想象中是最真实的东西，不见得在生活中是最有益的东西，这是人的悲哀。最大胆的学派，如伊壁鸠鲁派、皮浪派和新学院派，到头来还要屈从于民法。

还有其他的课题经过哲学家的筛选，有的这样筛，有的那样筛，每个人不论有理无理都要给它勾勒出一个轮廓。因为找不到什么精深的含义值得一谈的，他们经常勉强编造几条空泛和荒谬的猜测；他们提出这些猜测不是作为基点，也不是确立某条真理，而是为了学术练习："他们著书，不像是出自一个深刻的信念，而像是找个难题锻炼思维。"（作者不详）

如果不是这样认识的话，看到这些出类拔萃的心灵提出的看法如此反复无常，变幻莫测，虚妄无谓，叫我们怎么解释呢？我们以自己的推理和猜测去窥探上帝,以自己的能力和规律去限制上帝和宇宙,利用自己有幸见赐于上帝的微乎其微的智力却去干有损于神性的事,还有什么比这更加虚妄的吗?因为我们的目光无法看到上帝的圣座,就把圣座拉到人间肮脏的尘土中来吗?

第五节　上帝是人的同伴吗

古人谈到宗教时的各种看法，我觉得其中这种看法最接近
真，也最能为人所接受，这种看法承认上帝是一种不可理解的
力量，万物的创造主和保护者，一切善良和完美的体现，善意
接受人类不论以什么面目，以什么名义，以什么方式贡献的荣
耀和崇敬。

万能的朱庇特，宇宙、国王和众神之父母。

——弗利里厄斯·索拉努斯

存在于环球万国的这片热诚，得到了上帝的嘉许。一切社会
都从虔诚中沾光：不信神的人和行为也到处受惠于命运。异教徒
的历史也承认尊严、秩序和正义，神圣宗教中的奇迹和神谕也使
他们获益匪浅。人的天然理性只是让我们通过梦幻假象去粗浅地

认识上帝，上帝在仁慈中让我们得到世俗的恩泽，对这些认识确定温和的原则。

世人自己创造的宗教不但是虚假的，也是不敬神的和有害的。

圣保罗在雅典看到许多宗教盛行，只有一座神坛，雅典人敬拜的是隐蔽的、未认识的神，他觉得这是最可以接受的。

毕达哥拉斯描述的东西最接近真理，他认为对这个万物之本、万众之神的认识应该是不确定的，不限制的，不用语言表达的；这不是别的，而只是我们的想象力向完美靠近所作的最大努力，各人按照各人的能力开拓思想。如果纽默企图把他的臣民的信仰纳入这种模式，使他们依附一个纯粹精神的宗教，没有确定的目标，没有物质的内容，他的企图就会落空。人的思想不可能在一大堆不成形的想法上不着边际地漂移。必须把想法转化成他可以模拟的形象。神的威仪因而要在我们具体范围内体现：神的超自然和天上的圣事具有我们世俗社会的标志，对神的崇拜通过诉之于感觉的仪式和祈祷；因为信仰和祷告的是人。

在这方面其他类似的论据我就不提了。但是面对这些十字架和耶稣受难图，教堂礼拜朝圣时的庄严装饰，虔诚祷告时的呢喃声，由此引起的感官冲击，不使各族人民心灵沸腾，宗教感情激扬，人心向上，这是很难说服我的。

在世人皆盲目的情况下，实在有必要使神具有表象，我觉得我更乐意结交崇拜太阳的人。

宇宙的光明，

太空的眼睛；上帝头上若长了眼睛，

必然是光辉明亮的太阳，

万物靠它有了生命，我们靠它有了保护，

人间万象莫不在它的视线下。

美丽的太阳给我们创造了四季，

穿梭来回在十二间屋里；

宇宙满载它的世人皆知的美德，

明眸一转万里乌云散开，

世界精神和灵魂辉煌灿烂；

只一天环绕天空一圈，

广袤无垠，浑圆，流动，坚实，

世上一切皆受其管辖；

貌似不动，其实永动；貌似懒散，其实奔波，

大自然的长子，时间的父亲。

——龙沙

　　且不说太阳的广垠和美丽，这是我们发现最远的也因而最不
了解的星球，他们对它顶礼膜拜也就情有可原了。

　　泰勒斯是第一个探索这些物质的人，他认为上帝是用水创造
了万物的神灵；阿那克西曼德说神是随着季节生生死死的，世界

是无穷无尽的；阿那克西米尼说上帝是空气，无处不在，永远流动。阿那克萨哥拉是第一人，描述了万物如何受一个无限的神灵的力量和理性所支配。

阿尔克米昂称太阳、月亮、星辰和灵魂都是神。毕达哥拉斯把上帝说成是存在于万物内的神灵，我们的灵魂是从万物来的。巴门尼德认为上帝是环绕天空的光，地球是依靠光的热量维持的。恩培多克勒说神就是四种元素（火、水、土、气），万物皆由此产生的；普罗塔哥拉不说神存在还是不存在，也不说如果存在是什么样的。

德谟克利特一会儿说自然界的变异现象是神，一会儿说产生这些变异现象的自然是神，以后又说我们的知识和智慧是神。柏拉图谈到他的信仰五花八门，他在《蒂迈欧篇》中说，宇宙之父是不能称呼的；在《法律篇》中说不应该探讨上帝的本质，然而在这两部书中又把宇宙、天、地、星辰和我们的灵魂称为神，此外还搜罗了每个共和国旧习俗中的所有的神。

色诺芬指出苏格拉底的学说对此也同样混乱，他一时说不能探讨上帝的形式，然后又确信太阳是上帝，灵魂是上帝；先说上帝只有一个，后又说上帝有好几个。柏拉图的侄子斯珀西普斯说上帝是某种统制万物的有生命力量；亚里士多德时而说精神是上帝，时而说宇宙是上帝；时而给宇宙另一个主人，时而又说上帝是来自天空的热量。芝诺克拉特说有八个神，五个取自星辰，第六个有全部恒星作为它的四肢，第七个是太阳，第八个是月亮。赫拉克利德斯·彭蒂古斯在这些说法中游移不定，最后认为上帝是没有任何感觉的，可以从一种形式转变成另一种形式，然后又说天与地是上帝。

泰奥弗拉斯图斯在所有这些奇谈怪论中徘徊，拿不定主意，认为主宰世界的一会儿是智慧，一会儿是天，一会儿是星辰；斯特拉托说大自然是上帝，有孕育、增大和减小的能力，但本身没有形式，没有感觉；芝诺说自然规律是上帝，他扬善隐恶，是有生命的，否定民间的神——朱庇特、朱诺、维斯太；阿波罗尼亚的第欧根尼说时间是上帝；色诺芬说上帝是圆的，善视能听，但是不会呼吸，跟人性没有共同点。

阿里斯顿认为上帝的形式是不可捉摸的，没有感觉，不知道上帝是有生命的还是其他东西；克里昂特斯说上帝有时是理智，有时是宇宙，有时是自然的灵魂，有时是围绕一切的至高无上的热。芝诺的学生珀休斯主张，凡给人类生活带来方便和有用物质的人都称为神。克里西波斯汇集前人的说法，弄成一个大杂烩，在他所封的形形色色的神中间还包括那些不朽的伟人。

迪亚戈拉斯和狄奥多罗斯干脆否认有什么上帝。伊壁鸠鲁心目中的神是发光的，透明的，融合在空气中，住在两个宇宙之间，犹如住在两个堡垒之间不受袭击，模样跟人一样，也有四肢，然而这四肢对他们毫无用处。

我一直认为天上有神存在，

但是我相信神从不过问人间的事。

——埃尼厄斯

看到那么多的哲学精英闹得沸沸扬扬，可以相信你的哲学了
吧，可以夸耀终于觅到了金元宝啦！世事万象纷纭杂陈，可以使
我从中获益；各种风俗和想法不同，使我明白而不会使我不快；
把它们相互对照使我谦逊，而不会使我骄傲；一切不是出自上帝
之手的选择，我觉得都不会是称心如意的选择。

我不谈那些丑恶、违背自然的生活方式，各国政府在这方面
也像各个学派一样各行其是。以此我们可以知道命运本身未必比
我们的理性更加变幻无常，更加盲目和随意。

最琢磨不透的东西最宜于当作神来对待。像古人那样把人
尊为神，这是最没有道理的了。我宁可追随那些崇拜蛇、狗和
牛的人；尤其这些动物的本性和本质我们还不熟悉；更可以对
它们任意想象，赐予各种特异功能。我们深知世俗的人的种种
缺陷，古人还是把它们添加在神身上，让神也有欲望、怒气、
复仇心理、婚礼、传宗接代、家庭世系、爱情和嫉妒，有我们
这样的四肢，有我们这样的骨骼，有我们的狂热和欢乐，有我
们的死亡，有我们的葬礼，真是人的理性迷乱到了极点才会想
出这一切来的。

这些事跟神性相差太远，

不配算作是神的所作所为。

——卢克莱修

大家知道他们的外貌、他们的年龄、他们的服装、他们的装扮、他们的家谱、他们的结合、他们的婚姻，因为这一切都从有缺陷的人类那里照搬来的；甚至还说他们也有精神错乱；传统还向我们提到神的情欲、神的忧伤和神的愤怒。（西塞罗）

不但让神有信仰，有美德，有荣誉、和谐、自由、胜利、虔诚；还让神有肉欲、欺骗、死亡、嫉妒、老年、贫困、害怕、狂热、噩运以及我们脆弱老朽人生中的其他苦难。

神庙中如何出现人情世态？

那是葡萄地上的心灵不藏任何天机！

——柏修斯

埃及人荒谬绝伦，谁要是敢说他们的神塞拉比斯和伊西斯原来是人，就要对他处以极刑；然而谁不知道他们以前是人。瓦罗说，他们的头像把手指放在嘴上，表示这是对他们的祭司的一道密令，不许谈及他们凡人的起源，仿佛事关重要，不然会累及一切祭祀活动。

西塞罗说，既然人那么渴望跟上帝不相上下，与其把神拉到人间，跟凡人共过，不如把人的腐朽和不幸送到天庭；但是，从这事上也可看出人在虚妄自负方面是一致的，各人依旧按照各人的方式来对待信仰问题。

当哲学家刨根究底说出神的品位等级，迫不及待地理清他们的同盟联姻关系、他们的职责和他们的威力，我没法相信他们这样说是一本正经的。当柏拉图给我们详述普路托的果园，以及我们肉体消失后还可得到的快乐和痛苦，他还是把这些感觉说得跟我们在世时的感觉一模一样。

秘密小径、香桃木树把他们隐藏，
即使死后，还是受爱情的煎熬。

——维吉尔

当穆罕默德答应他的信徒有一座铺地毯、金碧辉煌、珠光宝气的天堂，里面住满绝世佳人，到处是珍馐美肴，我觉得这是些玩世不恭者低头哈腰迎合我们的愚蠢，说一些贪婪的世人听了受用的甜言蜜语，来利诱和迷惑我们。

可是，我们基督徒中间也有人跌入这个误区，自认为在复活以后另有一种世俗生活，享受人间的赏心乐事。柏拉图竭力宣扬天和神的观念，终生保留了"神"这个外号，你真的相信他认为人这个可怜的创造物，有什么资质可以窥探这个不可理解的威力吗？他真的相信我们冥顽不灵的天性能够领悟，我们微弱的感官能够承受永福或遗弃吗？人的理性应该这样对他说：

"如果你答应我们来世的欢乐，也就是我今世感到的这些欢乐，这跟无限就没有共同之处。当我天生的五官充满愉悦，当这个心灵突然感到它所能欲望和希望的至乐时，我们知道会达到什么样的境界：这到头来还是虚空。这里面有我的东西，却没有神的东西。如果这一切不外乎是属于我们尘世的一切，那就不算什么。会死的人，其欢乐也是会死的。重见我们的父母，我们的孩子，我们的朋友，如果这在另一个世界也使我们感动和心里痒痒的，如果我们还沉浸于这种欢乐中，那么我们还是处在人间享受有限的幸福。如果我们能够对这些上天、神的诺言想象一二，我们却不能对它们想象万全；若要想象万全，必须把它们想象成不能想象的，不能言传的，不能理解的，跟我们微不足道的尘世经验是完全不同的。

圣保罗说："神为爱他的人所预备的，是眼睛未曾看见，耳朵未曾听见，人心也未曾想到的。"如果为了使我们能做到这一点，我们的本质必须重铸和更换（像柏拉图说的"通过你的净化"），这将是一场彻底全面的变化，从实质上说，我们将不再是我们。

那时在混战中的是赫克托耳，

但是阿喀琉斯的马匹拖曳的尸体，已不再是赫克托耳。

——奥维德

“得到这些报偿的将是另外一些东西。

一切都在变化，溶解，死亡；
而灵魂的结构，转换功能。

——卢克莱修

“因为，在毕达哥拉斯的灵魂转生说中，灵魂是会改变住所的，我们可以相信住在恺撒灵魂中的狮子会包容那些折磨恺撒的情欲吗？这真的是恺撒吗？如果这确是恺撒，那么这些人就是对的：他们反对柏拉图这种看法，驳斥说儿子可以披了一张骡皮骑在母亲头上，哪儿有这样的荒唐事？

“在同类动物身上转生中，我们会认为后转生者跟它们的祖先没有两样吗？从凤凰的骨灰中，比如说，生成一条蛆虫，然后又生成一头凤凰；这第二头凤凰，谁能想象它跟第一头凤凰没有两样？那些会吐丝的昆虫，我们看到它们是如何死亡和枯干的，从这个尸体中产生一只飞蛾，然后又是另一条昆虫，认为这还是那第一条昆虫，这将是很可笑的。一旦停止存在的东西就不再存在了。

即使在我们死后，时间
把我们的肌体复原成今天的模样，
重新给我们照着生命之光，
这也不再是我们，
因为记忆断裂不再继续。

——卢克莱修

"柏拉图，你在其他场合说，享受来世补偿的是人的精神部分，你这话也说得不着边际。

切断神经、脱离眼眶的眼睛，
自个儿是看不清任何东西的。

——卢克莱修

"因为，这样的话，接触到欢乐的不再是人，也不是我们；因为我们是两个主要部分组成的，把这两部分切开，这是我们本质的死亡与毁灭。

的确，生命断线了，在这时候，
一切四处飘荡，不再有任何感觉。

——卢克莱修

"当人以前活着时的肢体受虫子的吞噬、泥土的腐蚀，我们不能说人在受苦。

　　这一切不属于我们，
　　我们是肉体结合灵魂而存在的。

　　　　　　　　　　　　　——卢克莱修"

　　此外，人死以后，神可以对他的善行好事给予认可和补偿，神作出这种评价的基础是什么？既然是神自己指导他的良心这样做的；他做了坏事又为什么要为之发怒和惩罚？既然是神自己指引他误入歧途，只要他们稍加干预，可以防止他堕落的。

　　伊壁鸠鲁可以用人的坚实的理性来驳斥柏拉图，他自己不是常用"人性无法确定神性中的东西"这句话来为自己开脱么？

　　人性只会到处彷徨，尤其人性去干预神性的时候，还有谁比我们更明显感到这一点呢？虽则我们给人性确立了几条肯定、万无一失的原则，虽则我们用上帝赐予我们的真理的神圣之灯照亮它的道路，我们还是可以天天看到，人性只要稍为偏离正途，背弃或抛下教会开拓和奠定的道路，立刻会迷失方向，惶惶不安，停滞不前，在汹涌澎湃的大思潮中漂流旋转，没有依傍，没有目的。它马上会失去这条康庄大道，分裂和消失在千百个方向。

　　人只能是人，他的想象也不能超出人的想象。普鲁塔克说，凡人侈谈什么神和半神，其狂妄性更要超过不懂音律的人去评论唱歌的人，从未入伍的人去讨论武器和打仗，凭一知半解的猜测对一门毫不内行的技术装得很精通。

我是相信这一点的，古人以为这样做是在颂扬神的伟大——把神比作人，使他具备人的特长，良好品质，甚至不宜外扬的需要；让他吃我们的食物，跳我们的舞蹈，像我们这样装鬼脸，好闹恶作剧，穿我们的衣服，住我们的房屋，焚香奏乐逢迎他，设宴赐酒供奉他；为了发泄我们自己邪恶的情欲，把无人性的复仇说成是伸张神的正义，把暴殄天物作为对神的取悦（如提比略·森普罗尼乌斯，为了祭祀火神伏尔甘，把他在撒丁岛一役中缴获的贵重的遗物和武器付之一炬；如波勒斯·埃米利乌斯，把马其顿的战利品向战神玛斯和智慧女神密涅瓦献祭；亚历山大抵达印度洋，把好几大缸金子抛向海中，奉献给忒提斯。）还在祭台上大开杀戒，祭祀的不单是无辜的牲畜，还有活人；还有不少国家，其中有我们的，平时也有这类祭祀。我相信没有一个国家不曾这样做过。

> 苏尔莫的四个孩子，
> 还有乌芬斯抚养的四个孩子，
> 年纪轻轻被杀死，献给冥王帕拉斯。
>
> ——维吉尔

吉泰人自认为是不朽的，他们死亡只是走向他们的神萨莫尔克西斯。每隔五年他们在自己人中间选出一人，送他去询问神的需要。这位使者由抽签选定。派遣的方式是这样的：对使者口授任务以后，参加者中间派出三人挺举三根标枪，其他人徒手把使者往标枪上抛；如果他落在标枪上伤及要害部位，当场毙命，这是获得神恩的好兆，如果他逃过一死，他们认为他是个受神嫌弃的恶人，另外再派一位。

泽尔士国王的母亲阿梅斯特里斯到了老年，一次下令活埋十四个出自波斯名门的童男，按照本国宗教的仪式向阴界的什么神许愿。

即使现时代，泰米斯蒂坦的偶像也是用儿童的鲜血粘合的，只喜爱用幼稚纯洁的灵魂作为祭品：正义也对无辜者的鲜血如饥似渴。

宗教劝人犯下多少罪行！

——卢克莱修

迦太基人杀害亲生孩子祭祀农神萨图恩。没有子女的人就去购买，做父母的还要高高兴兴参加这场祭仪。用我们的痛苦向神表达好意，这真是一种怪念头，比如斯巴达人，向他们的雅典娜神献媚，用鞭子抽打少年，经常把他们折磨到死为止。为了取悦创造主却去毁灭他的创造物，为了赦免有罪的人却去惩罚无罪的人，这是一种野蛮的习性。可怜的伊菲革涅亚在奥里特港自我牺牲，为希腊军队犯下的暴行向神赎罪：

> 恰在成婚时刻，这名纯洁的少女
> 给父亲当赎罪的牺牲而倒下。
>
> ——卢克莱修

迪希父子两人，都有美丽高尚的灵魂，他们奋不顾身冲入密集的敌军队伍，为了祈求神使罗马昌盛。

"神非常不公正，不愿降福给罗马人，除非奉献这样的人当牺牲。"（西塞罗）我还得说，这不是由罪人决定什么时候该受什么样的鞭刑；只有法官才能把他的判决看作是惩处，却不能把受刑者乐意做的事也当作是刑罚。神的报复可以看成是我们完全不同意他的正义和对我们的惩罚。

萨摩斯岛暴君波利克拉特的脾气非常可笑，为了让自己的福星永远高照，把他占有的最珍贵的一件珍宝抛入海中，以为借这件故意造成的灾难让命运得到补偿，这样不会影响世事盛衰福祸的更迭。命运却嘲弄他的荒唐，使这件珍宝吞进了鱼肚子，回到他的手上。古代科里邦特人、曼那特人，现代马霍曼坦人的自残行为有什么意义，他们在脸上、胃上、四肢上划开刀口，向他们的神献礼，冒犯神的是人的意志，不是人的胸脯、眼睛、生殖器、一身肥肉、肩膀和咽喉。"误入迷雾歧路的神志，竟是那么疯狂，他们相信人出奇地残酷可以使神息怒。"（圣奥古斯丁）

如何对待天生的肌体，不但关系到我们，也关系到对上帝和对其他人的服务：逞性妄为有违公道，犹如自杀，什么借口都是不对的。不让心灵依照理性去指导肌体的功能，而是愚蠢地、奴役性地去污辱和糟蹋，我觉得这是严重的怯懦和背叛的行为。

"那些人以为用这些祭仪得到神的欢心，他们到什么时候才会害怕上天的愤怒？为了满足王上的淫威，有的人进行了阉割；但是没有人，即使在主子的命令下，会自己动手净身的。"（圣奥古斯丁）

因而，他们对宗教起了恶劣的效果。

经常，某些罪恶和渎神行为
是由宗教本身造成的。

——卢克莱修

人的一切不论以什么样的方式，都是无法与神性相比或融合的，不然就会给神性带来同样程度的不完美。这种无穷的美、威力和仁慈，我们这类丑物怎么能够与之类比和相似，而不大大损害神的伟大呢？

> 神的愚拙总比人智慧，神的软弱总比人强壮。

> ——圣保罗

　　哲学家斯蒂尔波，当有人问他神对我们的歌颂和祭礼是不是高兴，他回答："你说话不知分寸，你若要谈这个话题，让我们到一旁去吧。"

　　然而，我们还是给神设了限制，用自己的种种理由来包围神的威力。我说的理由是指我们的梦想和幻觉，从哲学定义上来说的，它甚至认为疯狂和不由自主的恶意也是由理性决定的——这是一种特殊形式的理性。

　　神创造了我们，给我们智慧；而我们却要把神局限于我们肤浅、浮而不实的认识内。因为无生自无，上帝也不会不用物质而创造了世界。怎么！上帝难道把他的威力的钥匙和根本动力交到我们手里了吗？难道他不能突破我们理解的极限吗？哦，人啊！就算是你在这个世界上看到了一些神迹和显灵，你就以为上帝已经在这件神工中用尽了他的能力、他的所有形式和他的所有想法？就算是你看到了，你看到的只是你居住的小洞穴中的秩序和安排。神在另外的世界仍有无比的法力；这块尘世是无法与之相比的：

天、地、海加在一起，

也无法与之相比。

——卢克莱修

你谈的天命是局部的天命，你不知道什么是宇宙的天命。你束缚在你而不是他从属的范围内；他不是你的同行、同乡或同伴；他若跟你通灵，不是俯就你的微小，也不是让你考验他的威力。人体不能翱翔于云间，这是你的本分；太阳不息地按照一贯的路线转动；海洋与陆地的边界不能混淆；水是流动的，没有聚合性；墙没有裂缝，固体物就不能穿透；人在火中无法保持生命；人不能上天和入地，肉体不能同时分散在各处。上帝是为你制订了这些法则，法则是限制你的。上帝向基督徒证明，他愿意的时候可以冲破所有这些法则。说实在的，既然上帝是万能的，为什么要把自己的力量束缚在一定范围内？他为了谁的利益要放弃他的特权？

你的理性无法叫你接受天外有天，在其他事物上也没有更多的准真理和基础。

地球、太阳、月亮、海洋和一切

都不是唯一的，而是不计其数的。

——卢克莱修

古代的圣贤，甚至今日的俊杰，在人的理性指引下没法不信这件事。尤其在我们这块大地上，没有一件东西是独一无二的。

> 万物浩瀚，没有一件单独生成，单独成长，
> 在同类物中是唯一的。
>
> ——卢克莱修

所有的物种都可以大量繁殖；上帝创造天地也决不像是只有这一回，创造这个单体时一次用尽了材料：

> 我们应该明白，
> 其他地方还有其他无穷的物质结合，
> 被贪婪的以太拥抱在一起。
>
> ——卢克莱修

尤其宇宙的运行使人没法不相信宇宙中有一个主宰，连柏拉图也保证有这么回事。我们中间许多人或是确信，或是不敢不信；也不否定古人的看法，天、星辰和宇宙的其他组成部分都是灵与肉结合的创造物，从物质结构来说是会死的，但是从创造主的决心来说是不会死的。

如果像德谟克利特、伊壁鸠鲁和几乎所有其他哲学家所想的，

有好几个宇宙的话，我们怎么知道我们这个宇宙的原则和法则同样实施于其他宇宙呢？它们或许有其他的面貌和组织。在伊壁鸠鲁的想象中它们是既像又不像。在我们这个世界内就可看到地区距离不同，事物就有多少不同和差别。在我们祖辈发现的新大陆上，就看不到小麦、葡萄酒和我们这里的一些动物；那里的一切很不相同。从前世界上有多少地区没听说到过酒神巴克科斯和谷神刻瑞斯；谁会相信大普林尼和希罗多德说的，在某些地方存在跟我们不很相像的人种。

还有介于人与动物之间的混血种怪物。有的地区的人生来无首，眼睛和嘴长在胸口；有的地区的人是两性人；有的人用四肢走路；有的人在额上长一只眼睛，头更像狗而不像人；有的人下半身是鱼身，生活在水里；有的女人生孩子要五年，寿命才八年；有的人头很硬，额上的皮肤连铁器也刺不进，反而要卷口；有的男人不长胡子，有的国家不知道使用火；有的地区的人精液是黑色的。

有的人会自然而然地变成狼，变成母马，又再度变成人，这又怎么说呢？还有像普鲁塔克说的，在印度某些地方，有的人没有嘴巴，靠闻某些气味活下来的，如果真是这样，我们这些轶闻有多少会是错的呢？如果人不再会笑，也不会推理和交际，我们内脏的排列和由来大部分又当别论了。

我们把这些美好的规则奉为金科玉律，然而据我们所知又有多少事物否定了这些规则？我们如何又能以此去束缚上帝呢！有多少事被我们称为奇迹和违反自然？这要以每个人和每个国家的无知程度来定的。我们发现了多少神秘和原质？因为，依照自然的指引走，对我们来说，只是依照我们智力的指引走，智力达到哪里，我们的目光也达到哪里；超越这个范围，就是荒诞不经、杂乱无序。以此类推，眼明心亮的人看到的一切都是荒诞不经的：因为他们已经深信人的理性是没有任何基础和根据的，甚至没法证明雪是不是白的（阿那克萨戈拉就说雪是黑的）；有东西还是没有东西；有知识还是没有知识（希俄斯岛的梅特罗道吕斯否认人能够说得出来）；我们是不是活着。欧里庇得斯对最后一点表示犹豫：

> 谁知道活着该称为生命，
>
> 还是死亡该称为生命。
>
> ——欧里庇得斯

这不是没有可能的：因为我们为什么要把无穷无尽的漫漫长夜中闪光的这一刹那，我们永垂不朽的自然状态中停顿的这一瞬间，看作是生呢？死亡占据了这片刻的前前后后，也占据了这片刻的好大一部分。有的人，如墨利索斯的信徒，发誓说，不存在什么运动，什么都是不动的（因为，像柏拉图证明的，如果只是一，球形运动是不可能的，从一点到另一点的易位运动也是不可能的）。另一些人说，自然中没有延续，也没有停顿。

毕达哥拉斯说，自然中除了怀疑以外不存在别的，对一切事物都可以讨论，甚至对于一切事物都可以讨论这一点也可以讨论。瑙西法纳斯说，在一切仿佛存在的事物中，不存在大于存在；唯有不确定是可以确定的。巴门尼德说，在一切仿佛存在的事物中，没有事物是普遍的，只有一。芝诺说，甚至一也是没有的，只有无。

如果一是存在的，那么一或者存在于另一个中，或者存在于自身之中；若存在于另一个中，则是二；若存在于自身之中，还是二，即是容与被容。根据这些学说，一切事物的本质只是一个虚假的影子。

我一直觉得，一位基督徒说上帝是不会死的，上帝是不会改变的，上帝是不会做这个或那个的，这种说法极不谨慎和恭敬。我认为把神的威力纳入人类语言的法则内是不对的；在我们这些谈论中出现一种可能的真理，但是谈到这点时应该更加恭敬和虔诚。

我们的语言像其他一样，有它的弱点和缺陷。世界上许多麻烦的起因都是来自语言。对法律的不同解释引起诉讼，国王之间订立的协定和条约，因为无力予以清楚地阐述，引发了大部分战争。由于对"Hoc"这个单音词词义捉摸不定，给世界带来了多少纷争，多少重大的纷争！①

　　再以逻辑学认为最明白的那个句子来说。如果你说：天气好，你说的是真理，就是天气好。这不是很肯定的一种说法吗？还是可以叫你上当的。这可以从下面的例子看出。如果你说：我说谎，你说的是真话，你就是说谎。这句结论的艺术、理由和力量，跟另一句结论是相似的，而你却陷入了困境。

　　我看到皮浪派哲学家，他们在任何谈话中都不能表白他们的总观念。因为这需要他们用一种新的语言。我们的语言是由肯定句组成的，这跟他们的语言大异其趣。以致他们说"我怀疑"时，你可以掐住他们的脖子，要他们承认至少他们对自己怀疑这一点是肯定的和知道的。因而人家也逼得他们要从医药中去找寻类比，不然他们的怀疑脾性就没法解释了；当他们说"我不知道"或者"我怀疑"时，他们说这句话的本身跟其他一切就说明问题，不多不少，恰似一株大黄，它排除出所有的毒汁，也排除出了自己。

　　这种想法可以概括成一个问句："**我知道什么？**"我把这句话作为格言，铭刻在一个天平上。

　　你可以看到用这种方式说话是何等的大不敬行为。目前我们教内争论不休，你若把对方逼紧了，他们就会坦白告诉你，要让

---

　　① 《新约·马太福音》第二十六章第二十六行：Hoc est corpus meum（这是我的身体），对 Hoc 的不同解释，引起天主教与新教神学家对变体一事的争论。

身体上天入地，同时在许多地方，这不是上帝的威力所在。这位古代讽刺大师大普林尼是如何利用这段话的！他说，看到上帝也不是万能的，对人也是一个不小的安慰。因为上帝想死也不是能够自杀的，而自杀却是人在世上最大的福气；上帝没法让会死的人不死，让死去的人重生，让活过的人不活，让接受过荣誉的人没有荣誉，对过去除了遗忘以外也没有其他权力。还可以用一些有趣的例子把人与上帝拉扯在一起，他还没法让十加十不等于二十。以上都是他说的话，一位基督徒应该避免这样去说，然而事情恰恰相反，人好像就是追求这种说话的疯劲，要把上帝拉下来跟人一样。

> 明天，朱庇特让苍穹下
> 乌云密布或阳光灿烂，
> 他还是不能把存在过的东西化为乌有，
> 也不能改变或阻止
> 被时间带走的一切。
>
> ——贺拉斯

当我们说无穷无尽的岁月——从前的和未来的——对上帝来说只是白驹过隙一刹那；上帝的精粹在于慈善、智慧和威力，我们嘴上这么说，但是内心是无法掌握其真谛的。可是，我们自高自大，竟要让上帝通过我们的审查。由此产生各种各样的梦想和错误，世人要用自己的尺度去丈量远远不能丈量的东西，弄得束手无策。"人稍有成功，就趾高气扬，其虚情假意的程度令人见了吃惊。"（大普林尼）

当伊壁鸠鲁认为真正善良和幸福只属于上帝，贤人只是他的相似的影子时，斯多葛派对待他是多么粗暴！他们又多么荒唐地把上帝跟命运相联系（据我所知，即使自名为基督徒的人也还没有这样做！）。泰勒斯、柏拉图和毕达哥拉斯还把上帝从属于需要！一心要用我们的眼睛去发现上帝的这种狂妄，致使我们这个时代的一名大人物给神性塑造了身躯，还把日日夜夜发生在我们身上较为重要的事都归之于上帝，还特别予以点明。有些事对我们是重要的，好像对上帝也很重要，在日常的琐事方面上帝也必须看得更为全面，更为留意似的。"上帝管大事不管小事。"（西塞罗）听一听这句话，你就会明白道理："国王也不会降低身份操心政府的琐碎小事。"（西塞罗）

仿佛对上帝来说，动摇一个王国和动摇一张树叶多少都是他的事；仿佛制止一场战争的进行和制止一只跳蚤的跳动，天意是不同的！上帝主宰万物，一视同仁，决无偏倚。我们的私心不起任何作用，我们的行为和准则对他是没有约束的。

"上帝在大事中是巨匠，在小事中也是巨匠。"（圣奥古斯丁）我们自命不凡，时时刻刻冒犯上帝，把自己与他相比。因为我们自己觉得工作辛苦，斯特拉托就让神，像神的教士，终日不做任何事。他让一切都自然成长，世界各个角落都是自然的遗存和踪迹，让人类不必担心神的审判。"一个幸运长久的人是自己不忧虑，也不叫别人忧虑。"（西塞罗）

大自然要求相同的事物有相同的关系。比如说，有无数的朽者也有同样无数的不朽者。有多少置人于死地、伤害人的事物，也有多少保全生命、有益于人的事物。比如神的灵魂，没有舌头，没有眼睛，没有耳朵，他们之间感觉得到另一个神的感觉，也会判断我们的思想；人的灵魂也是如此，当它们自由时，在睡梦中或欢乐中摆脱肉体时，也会猜知、诊断、看到它们跟肉体一起时无法看到的东西。

圣保罗说，人"自称为聪明，反成了愚拙；将不能朽坏之神的荣耀，变为必朽坏的人的偶像"。

再来看一看古代人举行的尊神仪式。隆重庄严的葬礼举行以后，金字塔顶死者的灵床用火一点燃时，他们放出一头老鹰，这头老鹰飞往天空，表示灵魂正在走向天堂。我们至今还保存一千来枚像章，其中就有那位非常贤淑的福斯蒂娜像章，上面就是这头老鹰背了这些上天的灵魂飞向天空。我们用这些模拟和发明来自欺欺人，这说来很可笑。

他们对自己的发明感到害怕。

——卢卡努

仿佛孩子给同伴涂黑了脸，自己看到却害怕起来了。"可悲莫过于人做了自己幻想的奴隶。"（普林尼）赞颂我们创造的那个人，跟赞颂创造了我们的那个人，两者相差何其远也。奥古斯都和朱庇特拥有同样众多的信徒，创造同样众多的奇迹，但是奥古斯都比朱庇特的寺庙还多。泰西安人为了报答阿格西劳斯对他们的恩惠，对他说他们已把他看作是神，他对他们说："你们的国家难道有权力把称心的人尊奉为神？先把你们中间一个人尊为神试试看，然后让我看看他的处境如何，我再向你们的好意表示感谢。"

人是不可理喻的。他们创造不出一条小虫，却要去创造大量的神。

且听特里梅吉斯图斯对我们的自满所作的赞扬：在所有值得钦佩的事物中，尤其值得钦佩的是人居然能够找到神的品质，并创造了神的品质。

以下是哲学界提出的论据：

> 唯有哲学知道什么是神和天的威力，
>
> 也唯有哲学明白它们是没法知道的。
>
> ——卢卡努

如果上帝是存在的，他是动的；如果他是动的，他有感觉；如果他有感觉，他就会消蚀。如果上帝没有形体，他也没有灵魂，因而也无行动；如果他有形体，他就会腐朽。这有什么神气的呢？

我们不能够创造世界，那就有一个更了不起的天地之物动手创造的。——那么把我们自己看作是天地万物中最完美的创造物未免冒失；肯定存在更了不起的事物，那就是上帝。——当你看到一幢富丽堂皇的房子，虽然你不知道主人是谁，至少你不会说这幢房子是给老鼠造的。当我们看到天宫这座神圣的建筑，我们不是要相信住在这幢房子里的人确比我们更伟大吗？最高的不就是最高尚的吗？我们处在最低层。——没有灵魂、没有理智的无形体不可能创造一个有理智的有形体。世界创造了我们，因而世界是有灵魂和理智的。——我们的每部分要小于我们。我们是世界的一部分。世界具有智慧和理性，要比我们丰富得多。——有一个大政府是一桩好事。世界的政府因而属于幸运的大自然。——星辰不会给我们造成伤害；它们充满好意。——我们需要食物，神也需要食物，他们吸取天地之间的灵气。世上的财富不是上帝的财富；因而也不是我们的财富。——冒犯上帝和受上帝冒犯都是软弱的证明，因而害怕上帝是不必要的。——上帝的本质是善良的，人是以勤劳而逐渐善良的。——神的智慧与人的智慧没有其他差别，除了神的智慧是永存的。但时间的长短跟智慧是无缘的；因而我们在这点上是同伴。——我们有生命，有理智，有自由，我们看重善良、慈悲和正义，这些品质也存在于他的身上。

总之，不论从积极还是消极来说，神性的条件是通过人并以人为依据而形成的。真是绝妙的模具和榜样！把人的品质随心所欲地塑造、拔高、夸大；可怜的人，吹嘘自己，一而再，再而三地：

> 他对他说，即使吹破了，你也达不到。
>
> ——贺拉斯

"人不可能想象上帝是怎么样的，人自以为想象出了上帝，其实想象出的还是自己，他们看到的只是自己，不是他；他们拿自己与之比较的也是自己，不是他。"（圣奥古斯丁）

即使在大自然中，结果对得上原因的只占一半，原因是什么？原因处于自然的秩序以上，它的条件太高、太远，太不可违背了，不会容忍我们的结论去束缚它，去限制它。我们这条道路是太低了，不是通过我们可以达到那里的。我们不论在塞尼山还是在海底，都不会离开天空更近，不相信不妨询问你的星盘。

人甚至还让神跟女人有肉体关系，多少次，多少世代？萨特奈纳斯的妻子，罗马大名鼎鼎的收生婆波里娜，认为自己跟塞拉比斯神睡过觉，她通过神庙祭师拉皮条，投入了一名钟情的神的怀抱。

瓦罗是最细腻、最博学的拉丁作家，他在《神学》一书中说，赫丘利的圣器管理员跟赫丘利掷骰子打赌。一只手掷算是自己的，另一只手掷算是赫丘利的，赌一顿饭和一个女人。要是管理员赢了，从香金中取；要是管理员输了，他自付。他输了，他付了饭钱和女人的钱。女人的名字叫洛朗坦，她在夜间搂了这位神睡觉，只听他对她说，第二天她遇见的第一个人，会偿付她为神做的好事。那位有钱的青年是塔伦蒂厄斯，把她领回了家，后来要她做了继承人。她反过来要给这位神做件好事，让罗马人做了继承人：这说明为什么人家让她登上了神的宝座。

柏拉图一方面是神的后代，另一方面又有尼普顿作为他的一族的共同祖先；仿佛这些还不够似的，在雅典很多人相信，阿里斯顿希望跟美丽的佩里克肖纳完成好事，但不知怎么办，而阿波罗神托梦给他，要他让她保持纯洁童贞，直到她分娩为止；这就是柏拉图的父亲和母亲。在历史上有多少这样的奸情，那些神对可怜的人进行作弄？多少丈夫为了孩子而受到呵责和伤害？

皈依穆罕默德宗教的这个民族，相信有不少的"麦林"，这是他们语言中特有的一个词，意思是童贞女与神的精神结合所生的孩子。

我们必须记得，没有任何东西比本族的本质东西更宝贵更值得重视了（狮子、老鹰、鲸鱼就因为是狮子、老鹰、鲸鱼而受人赏识）；把其他东西的品质跟自己的品质相比，是贬低了品质；我们对品质可以增加和减少，仅此而已。我们的想象力无法超越这个关系和这项原则，也无法创造其他东西，想象力摆脱这些，穿透这些是不可能的。古人就得出了这样的结论：在所有形体中，人的形体最美；上帝必须也是生成这个模样。人要幸福不可能没有美德，美德不可能没有理智，理智只可能存在于人体内，因而也要赋予上帝一个人体。

"我们思维的习惯和成见是那么顽固，我们想到上帝，不可能不把他想成人的模样。"（西塞罗）

于是色诺芬开玩笑说，如果动物会创造神，它们也用自己的模样来创造神的形象，还像我们这样引以为荣，这是很可能的。为什么一头小鹅不能这样说："宇宙万物都瞧着我；地球是给我走路的，太阳是给我照亮的，星星是给我传送感应的；风给我这样的方便，水给我那样的方便；天底下就数我过得最美，我是大自然的宠儿，人要给我吃，给我住，还要侍候我，不是吗？他们为了我种麦子，磨麦子；他们吃我；那算什么，他们不是还吃自己的同伴么，就像我也吃蛆虫，而蛆虫又杀死他们，吃他们。"鹤也可以说这样的话，况且它们还更了不起，还有展翅凌空、翱翔云天的自由。"自然是多么正直宽容，万物在其中相亲相爱！"（西塞罗）

因而，这样说来，命运是为我们安排的，世界是为我们创造的；光明和雷电也是为我们而有的；创造主和创造物，一切都是为我们的。这是宇宙万物的目标和焦点。瞧一瞧哲学家在两千多年以前所作的星象记录：神的言与行都是为了人；哲学也没有给神其他的高见和作用，神于是对我们展开了战争。

> 大地的儿子，
> 曾使老萨特纳的光明之屋
> 处于危境，抖动不已，
> 却败于赫丘利的手下。

——贺拉斯

神参加了我们的纷争，我们也多次参加了他们的纷争，这也算是一报还一报，

> 尼普顿用巨大的三叉戟，
> 捣毁城墙，动摇地基，
> 使整座城市东斜西倒。
> 残酷的朱诺率众占领斯凯城城门。

——维吉尔

科尼人，嫉妒他们自己的神独断独行，在他们的献礼日扛起武器奔向城外，用刺刀在空中乱砍乱劈，企图以此把外乡的神驱逐出自己的领土。

神的威力是根据人的需要而安排的：有的可以医马，有的医人，有的治鼠疫，有的治疥疮，有的治咳嗽，有的治这一类的癣，有的治另一类的癣（"什么鸡毛蒜皮的事情上，迷信都认为里面有神的作用。"［李维］）这个神管葡萄的收成，那个神管大蒜的生长；这个神管房事，那个神管买卖（每个行当都有一个神）；这个神的管辖范围在东方，那个神的管辖范围在西方：

> 这里是他的武器，
>
> 那里是他的战车。
>
> ——维吉尔

> 哦！阿波罗神，你住在宇宙的中心！
>
> ——西塞罗

> 雅典崇拜帕拉斯，克里特崇拜狄安娜；
>
> 利姆诺斯崇拜伏尔甘；
>
> 伯罗奔尼撒的城市斯巴达和迈锡尼崇拜朱诺；
>
> 戴柏枝冠的潘是梅那尔的神，
>
> 而玛斯是拉丁姆的神。
>
> ——奥维德

这个神只管辖一个小村或一个家庭，那个神单身独处；有的神或自愿或被迫跟其他的神共居。

　　孙子的神庙跟祖宗的神庙合在一起。

——奥维德

有的神是那么微不足道（因为神的数目竟有三万六千之多），以致一株麦穗上就需要有五六个神保佑，各有各的姓名；一扇门上有三个神：一个是门板神，一个是门枢神，第三个是门槛神；一个小孩有四个神保佑他的襁褓、饮水、进食和吸奶；有的神身份明确，有的神身份不明确和尚未定论，有的神甚至未进过天堂；

　　既然还不能荣登天庭，

　　就留他们暂住人间。

——奥维德

有科学家的神，诗人的神，老百姓的神；有的神介于神性与人性之间，是我们与上帝的媒介和中间人，受到较低级别的供奉；有各种各样数不尽的头衔和职能；有好的，也有坏的。有老的和残废的，也有死的：因为克里西波斯认为在一场毁灭性的宇宙大火中所有的神都会死去，除了朱庇特。人在上帝与自己之间建立千百种有趣的交往，上帝不就是人的同伴吗？

　　克里特岛——朱庇特的摇篮。

——奥维德

第六节　哲学是一首充满诡辩的诗

斯凯沃拉是一代教皇，瓦罗是一代神学家，他们在探讨这个问题时，给我们提出了这样的解释：老百姓不明白许多真的事情，相信许多假的事情，这很有必要；"人寻求的只是自身获得解放的真理，因而也可以认为受骗也符合自己的利益。"（圣奥古斯丁）

人的眼睛只能辨认出跟人熟悉的形状相符合的东西。我们不要忘记可怜的法厄同①试图用凡人的手去驾驶父亲的马缰绳，遭到怎么样的厄运。我们的思想太冒进了，也会同样跌入深渊，灰飞烟灭。如果你问哲学家天空和太阳是什么物质组成的，除了铁以外还会说什么别的呢？或许阿那克萨戈拉会说是石头或者其他日常材料？如果问芝诺什么是自然？他会说："是火，火是万物的

---

① 希腊神话。法厄同是太阳神赫里阿斯的儿子，驾父亲的四马金车出游，不善驾驭，车子离地球太近，几乎把地球烧毁，被主神宙斯用雷击毙。

本源，它的燃烧符合规律，产生一切。"若问阿基米德，他是几何学的鼻祖，认为这门学科在认识真理和建立信念方面要超过其他学科，他会回答："太阳是一位燃烧的铁上帝。"这不就是美丽的和完全必要的几何学论证出来的妙想吗？然而不是那么必要和有用了，以致苏格拉底认为几何只需学得能够丈量自己获得的土地就够了；还有波利埃纽斯，他曾经是一位著名的几何学学者，自从尝过了伊壁鸠鲁的懒人花园里的甜果后就瞧不起什么论证，他认为它们错误百出，毫无用处。

古代人都认为，阿那克萨戈拉在研究天体和神性方面比任何人都精通。在色诺芬的书中，苏格拉底说阿那克萨戈拉的头脑混乱，一切无节制地在知识范围外探索的人，无不如此。

阿那克萨戈拉说太阳是一块燃烧的石头，他没想过石头在火中根本不会燃烧，更糟的是还说石头烧成灰；他把太阳和火混为一谈，他没想过火不会把人照黑，我们可以盯着火看，火会烧坏草木和庄稼。苏格拉底有这个意思，我也有这个意思，那就是要对天发表议论，最理智的方法就是不议论。

柏拉图在《蒂迈欧篇》一书中谈到神鬼时这样说："这件事超过我的能力。这方面应该相信古人，他们自称是神鬼的后代。不相信神鬼的孩子，那是违反理智的，虽然他们的说法不是建立在必要的和似真的理智上；可是他们发誓说谈的都是些发生在家庭里的常事。"

那么也可以看看我们对人间和自然界的认识是不是更清楚一点。

我们自己承认某些事物是我们的知识无法达到的，而我们却要凭空为它们臆造一种资质，提出一种虚象，岂不是好笑之至。犹如见到星辰的运行，我们既不能登高观看，也没法想象什么是原动力，我们就信口胡编一些粗鄙的物质的原理：

> 车辕是金的，轮圈是金的，辐条是银的。
>
> ——奥维德

这好像是我们派遣出去的车夫、木工和漆匠，他们到了上面，按照柏拉图的指点造出了不同用途的器材，安装了齿轮和主轴，制成了天上行驶的彩舆。

> 宇宙是一座储藏万物的宫殿，
> 周围是五个行星区，
> 黄道带横贯而过，分成十二个星座，
> 高高斜横在以太之中闪光，
> 其中还有月亮车和两匹奔马。
>
> ——瓦罗

这些都是异想天开。说不定有朝一日大自然会对着我们敞开它的胸怀，让我们看一看里面到底有些什么样的机关，那时让我们睁开眼睛看吧！哦，上帝！我们就会发现自己孤陋寡闻，错误百出；如果我们的知识还能弄清楚一件事的话，那就是我错了；我离开这个世界时，至少明白自己是多么无知。

我记不得是否柏拉图说过这句名言：大自然只是一首充满神秘的诗。仿佛大自然是隐藏在千万道斜光后面一幅扑朔迷离的画，锻炼我们的猜谜能力。

"大自然万物都笼罩在乌黑的浓雾中，没有一个人的智慧可以穿透天与地。"（西塞罗）

当然，哲学只是一首充满诡辩的诗。这些古代哲学家若不是诗人，哪里还有什么权威性吗？第一批哲学家首先就是诗人，他们的哲学是用诗写成的。柏拉图只是一位补文缀字的诗人。蒂蒙骂他是伟大的奇迹编造者。

就像女人掉了牙，镶上了象牙；为了恢复面孔的好气色，就用其他材料涂上一层；还有谁人不知，哪个不晓，她们拿棉花毡片垫在身上，装出丰乳肥臀，炫耀这种人工做作的美。

知识也是如此；据说即使我们的法律也有合法的幻想部分，以此建立司法的真理。知识对我们直言不讳，说有许多东西查无实据就凭空捏造。星相学家为了解释星辰的移动而搬用的离心和同心本论，就是星相学家编造得最巧妙的理论。哲学也是如此，它向我们提出的不是实际存在的甚至不是主观相信的东西，而是杜撰的、从表面看来最能自圆其说的东西。柏拉图在谈到人的身体与动物的身体时说："我们说的事情是不是真实，只有得到神谕的证实，才能保证是真实的；现在我们只能保证我们说的事情最接近表面现象。"

哲学家不光是把绳索、车架、车轮送到天上。还谈到我们，谈到我们的身体结构。哲学对这个卑微的小小的人体，不亚于对宇宙天体那样前思后想，反复论证……说真的，他们把人体称为小宇宙，是很有道理的，因为人体也是用不同的零件和面孔拼合而成的。为了归纳他们看到人体内的行动，我们感到人体内的不同作用和功能，他们把我们的心灵分割成多少部分？分属在多少区？除了这些可以察觉的天性以外，又把可怜的人分成几等几级？什么样的责任，什么样的天职？真是极尽想象之能事。人成为可以任意自由拨弄装扮的玩物，大家让他们有一切权力按照各人的心意把人拆散、排列、装配和充实。

可是，他们还是没有掌握人。不论在实际上，还是在思想上，无法把人说得面面俱到，不论如何长篇大论，如何费尽心思广引博征，总有什么跟整体不能协调合拍的地方。为他们找寻借口是不必要的。当画家画天、地、海洋、山、远处的小岛，我们允许他们画上一些稀疏的影子，因为这是一些不可名状的东西，只要寥寥几笔也就可以了。但是当他们对着我们熟悉的一件东西写生，我们就要求他们画得线是线，颜色是颜色，毫厘不爽，稍有错失就不可原谅。

我赞赏那位米利都姑娘，她看到哲学家泰勒斯不断地高举双目凝视天空出神，走过去撞得他一个跟跄，关照他把脚底下的事办完后，再有时间去想天上的事。她劝他考虑自己以后再去考虑天。因为像西塞罗转述德谟克利特的话：

人人探索天空的景象，没有人注意脚下的事。

人的认识就是如此，手中的事跟星空上的事对他同样遥远，甚至更加遥远。柏拉图提到苏格拉底时说，哪个研究哲学的人，都可以像泰勒斯那样挨姑娘的责骂：他看不到他眼前的东西。因为哪个哲学家都不知道他的邻居在干什么，他自己在干什么，也不知道他们俩是什么，是兽还是人。

那些人觉得塞邦的论点太软弱了，他们无物不晓，他们万事皆通，他们统治世界。

谁控制潮涨潮落，谁调节四季气候，
星辰按照自身规律行动，还是接受外界指令消失和流动；
月盘为什么有朔望；
不同元素的配合又是为什么。

——贺拉斯

他们在自己的著作中，可曾提到过在自我探索时遇到的艰辛？我们看到手指会转动，脚会走动，有的肢体不用我们指令会动，有的肢体接受了指令才会动；有的反应使我们脸红，有的反应使我们脸白；有的思想只涉及脾脏，有的思想又涉及大脑；有的事引我们发笑，有的事引我们落泪，而另外一桩事又使我们惊心动魄，四肢瘫痪。有的事会使肠胃翻转，有的事会使阳物竖起。但是心理活动如何对一个坚实的身体有穿透力，身体的各个器官又如何会串联沟通，像所罗门说的至今还没有人洞悉。普林尼说："所有这些事隐藏在峥嵘的大自然背后，对人的理智来说是深不可测的。"圣奥古斯丁说："心灵与肉体配合一致，真是妙不可言，人是无法理解的，也正因为这样才有了人。"

　　而且大家对此也没有表示过怀疑。因为人的想法是从古代的信仰中衍生的，像宗教和法律那样具有权威性和信用度才被大家接受。广泛流传的东西会像俗语那样得到接受；这条真理连同它的全套论据和证明也会得到接受，像一个坚实牢固的整体，不再有人会去动摇，会去评判。相反地，人人争着尽一切理智的力量——理智是一个得心应手、灵活自在的工具——给这个已为大家接受的信仰涂脂抹粉。这样世界上傻话谎言满天飞。

　　对事物不表怀疑，是因为对老生常谈的观念从不检验；大家不在根子上寻找哪里有错误和缺点，而只在枝节上争论不休；大家不问这是不是真的，而只问这是不是这样听到的。大家不问盖伦说了什么有价值的话，而只问他是不是这样说的。

　　说实在的，这种对自由议论的钳制和束缚，这种对信仰的专政，扩散到了哲学和艺术。经院派哲学的鼻祖是亚里士多德，他的学说神圣不可侵犯，犹如在斯巴达不可对利库尔戈斯的学说有什么争议。他的话对我们是金科玉律，然而其中也跟其他学说一样有对有错。说到大自然的原则时，我很容易接受亚里士多德的看法，我不知道我为什么不能同样乐意接受柏拉图的思想，伊壁鸠鲁的原子说，留基伯和德谟克利特的实与虚，泰勒斯的水，阿那克西曼德的自然无穷性，第欧根尼的空气，毕达哥拉斯的数与对称，巴门尼德的无穷，穆萨乌斯的一，阿波罗多罗斯的水与火，阿那克萨哥拉的同素体，恩培多克勒的分离与结合，赫拉克利特的火，还有其他经过人的可爱的理智审查和确认后，所产生的五花八门的看法和信条。

　　亚里士多德的自然原则有三条：质料、形式和无质料形式。把空作为物质生成的原因，还有比这个更为徒劳的吗？无质料形式是一种否定；他怎么心血来潮会把无质料形式作为存在的物质的原因和起源？这种说法除非进行逻辑的演算是不会有人敢去动摇的。此外，没有人进行讨论对它表示怀疑，反而保护这个学派的创始人对付外界的异议。他的权威就是目的，不容许对此有任何疑问。

　　在公认的基础上去建立自己要建立的东西，那是很轻松的。

因为沿着开创的原则和规律，其余部分的建设是不难的，也不会自相矛盾。沿着这条路我们觉得自己的道理有根有据，说起话来也信心十足；因为我们的先哲已经事前为我们的信条费心占领了必要的地盘，随后可以任意作出结论，犹如几何学家的还原论证。

我们肯定和同意这些信条，这些信条支配我们往左还是往右，任意摆弄。谁的前提得到我们的信任，他就是我们的老师和上帝；他规划的基础那么深厚宽阔，他若愿意可以把我们捧入九霄云天。在实践和商讨这门学问时，我们不妨把毕达哥拉斯的话看作是可以相信的：每一位学者只有在谈自己的专业时才是可以信赖的。辩证学家在谈文字的意义时要请教语言学家，修辞学家要向辩证学家借用论证的方法；诗人向音乐家学习节拍；几何学家向算术家讨教比例；形而上学家把物理的推测作为基础。因为每一门学科都有预设的原则，在这些原则上人的判断处处受到限制。如果你撞上了存在原则错误的这条栏杆上，他们嘴里早已准备好这么一句话：跟否认原则的人没法讨论。

如果神没有向人提出，人又从哪儿来什么原则不原则。随之而来的初期、中期、后期，也全是一派胡言。对于用假设作辩论的人，就要把争论焦点的命题作为你的假设来跟他针锋相对。因为一切人的假设和陈述都有同样的权威性，如果理智不加以区分的话。因此应该把所有假设都放在天平上，首先是原则性假设和强迫性假设。确信其实是一种疯狂和极端无把握的证明，没有比柏拉图的"固执己见者"更疯狂、更缺乏哲学意味的人了。火是不是热的，雪是不是白的，我们的认识中什么是硬的或软的，这些都是必须了解的。

在古人的故事里倒有这些答案：对于怀疑有热的人，就说他可以往火里跳；对于不相信水是冷的人，就说他可以把水放在胸前。但是这类回答不配是从事哲学的人说的。除非他们让我们处于自然状态，用感官来接受外界的异物；或者除非他们让我们追随出生条件下确定的基本人生要求，他们这样说还是有道理的。但是现在我们是向他们学会如何评判世界，我们从他们那里得到的是这个幻想：人的理智是天地万物的总检验员，无所不管，无所不能，通过理智一切都是可以认识和了解的。

这个回答对于食人部落是不错的，因为他们有幸寿命长，生活安逸太平，没有亚里士多德的训诫，甚至没听说过物理这个名词。这个回答还可能比他们通过理智和发明得到的种种答案，更有意义，更有内容。这么一个答案，至少我们所有这些动物和所有还受原始单纯的自然法则支配的人是可以理解的。但是他们哲学家不能用这样的答案。他们不应该对我说："这是真的，因为您看到了，您也是这样感觉的。"他们应该对我说的是，我以为感觉的东西是不是真的感觉了。如果我感觉了，他们对我说为什么我感觉了，怎样感觉的，感觉到了什么，然后由他们告诉我热或冷的名称、起因、来龙去脉、它的积极成分，它的消极成分。否则，请他们给我留下他们的做法，这就是除了通过理智以外什么也不接受，什么也不同意，这是检验一切的试金石；但是，这也是充满假象、错误、弱点和偏差的试金石。

除此以外，还有更好的检验方法吗？如果谈到理智时还不相信理智，那么用理智评判其他东西就更不合适了；理智总还认识一点事物，至少这是理智的本质和领域。理智属于心灵，是心灵的一部分，是心灵的反应；我们用理智这个词也只是一种假借，因为真正的理智是一切的根本，它存在于上帝的胸怀。那里才是理智的所在地，当上帝高兴的时候，理智就离开那里使我们睁开眼睛看到一线光明，就像帕拉斯钻出父亲的头顶跟世界沟通。

现在让我们看一看，人的理智使我们对理智和灵魂懂了点什么。我们不谈笼统的灵魂，在这方面差不多所有的哲学流派都认为天体和元素也是有灵魂的；也不谈泰勒斯的灵魂，泰勒斯认为即使不动的东西，因受磁性的吸引也有灵魂；我们谈的是属于我们的、我们应该深入了解的灵魂。

确实，大家不知道灵魂的实质。
它随着肉体产生还是出生时钻进肉体？
随着我们死亡，

进入奥尔库的黑暗深谷，

还是按照神的意旨投生到其他人身上。

——卢克莱修

克拉特斯和狄凯阿科斯说，灵魂是不存在的，肉体天生就会行动。柏拉图说，灵魂是一种自动的物质。泰勒斯说是不会休止的自然体。阿斯克勒庇亚德斯说是感觉的运动。希西厄德和阿那克西曼德说是土与水的组合物。巴门尼德说是土与火的组合物。恩培多克勒说是血。

他的灵魂随血吐了出来。

——维吉尔

波西多尼乌斯、克里昂特斯和盖伦说是一股热气或热的复合物，

灵魂有火的气势和天的根源。

——维吉尔

希波克拉特说是肉体内流转的精神。瓦罗说是嘴巴吸进、肺部加热、心内提炼、体内流转的一种气。芝诺说是四种元素的精华。彭赫拉克利德斯·彭蒂古斯说是亮光。色诺克拉特和埃及人说是

一个流动的数。迦勒底人说是一种没有固定形状的美德。

体内一种维持生机的气质，

希腊人称为"和谐"。

——卢克莱修

不要忘记亚里士多德，也说灵魂是使身体自然移动的力量，他名之谓"隐德来希"①，这又是跟其他一样冷冰冰的发明，因为他既不谈灵魂的本质、起源和天性，而只是注意到灵魂的效果。拉克坦希厄斯、塞涅卡和独断派的精英人物都承认他们不知道灵魂是什么。罗列了这些看法以后，西塞罗说："这些看法中哪个是对的，只有神才能说了。"圣贝尔纳说："我切身经验认为上帝是多么不可理解，既然我自己身上的各部分我也没法理解。"赫拉克利特虽然主张一切东西都有灵魂和精灵，还是认为对灵魂的认识是没有穷尽的，因为灵魂的本质实在太深奥了。

至于灵魂长在哪里，这方面的分歧和争论也不见得少。希波克拉特和希罗菲吕斯说在脑室。德谟克利特和亚里士多德说遍布全身。

---

① entelechia，意谓"完成"。

犹如人常说身体健康，

　　健康并不是健康人身上的一部分。

——卢克莱修

伊壁鸠鲁说在胃部。

　　人感到恐惧和高兴时，

　　那里就会颤抖和跳动。

——卢克莱修

　　斯多葛派说在心的四周和中央。埃勒西斯特勒塔斯说在帽状腱膜连接处。恩培多克勒说在血里。摩西也这样认为，这说明为什么他禁止喝野兽的血，里面有它们的灵魂。盖伦认为身体的每一部分都有灵魂。斯特拉托认为在两条眉毛之间。西塞罗说："灵魂的外表是怎样的，灵魂长在哪里，这些不应该深究。"我愿意让这个人用他的原话。我怎么敢损害他的辩才呢？他的想法不常听到，不很严格，却很出名，偷梁换柱是不会得到多少好处的。

　　但是克里西波斯和他的学派中的其他人，认为灵魂在心的四周，这个道理倒不应该忽视。他说："这是因为我们要保证某件事时，我们把手放在胃部；当我们要说'我'（希腊文）时，我们把下颌骨朝向胃部。"听了这段话没法不看到这位大人物愚不可及。

不说这些看法本身是多么浅薄，后面那个论点也只能叫希腊人信服他们的灵魂长在那个部位。人的见解不论如何高明，总有闪失的时候。柏拉图对人就有这样看法。

我们有什么怕说的呢？且看斯多葛派是人类智慧的父亲，他们认为一个人压在一堆废墟下，他的灵魂不可能脱身，只会长时间挣扎着要往外钻，像跌入陷阱的老鼠。

有的人认为，创世纪的初期是无物质性的，后来精神犯了罪，失去了原始的纯洁，于是创造了世界，让精神借托形体在世上涤罪。根据离自己的精神状态远或近，人的形体有轻盈与粗俗之分。这说明创造物也是不可胜数的。但是灵魂为了赎罪而寄居在太阳下的形体中，那是一种罕见和特殊的沉沦。

我们探索到了极端都是不知所云，普鲁塔克在谈到历史起源时说，就像地图上接壤地带都是沼泽地、密林、沙漠和不毛之地。这说明为什么对事物愈是究根刨底的人，陷入好奇和自命不凡时，愈是不着边际，想入非非。学问太浅与太深都是蠢得不相上下。我们看到柏拉图写诗时腾云驾雾，里面的神也说切口和隐语。当他说人是无毛的两足动物时，他决没想到会成为一些存心嘲弄他的人的笑柄：他们把一只活鸡的毛拔掉，称为柏拉图的人。

伊壁鸠鲁学派呢？他们幼稚地首先想到原子创造了世界，原子据他们说是某种有重量自然下坠的物体。直到后来经过他们的对手提醒才想起，原子的坠落是垂直的，形成平行的直线，这样说来原子就不可能结合一起，这样，他们不得不补充说，还有一种偶然性的斜线运动，再给原子加上尖而弯的尾巴，让它们可以相互紧紧勾住。

尽管这样，持有另一种看法的人还是找他们的麻烦。如果原子可以任意组合成各种形状，为什么就是没有见过它们组成一幢房子，一只鞋子？同样为什么大家不相信把无数的希腊字母散放到广场上去，也可组成一部《伊利亚特》呢？

芝诺说，能用理智比不能用理智好，什么地方也比不上宇宙好，因而宇宙是有理智的。科达运用同样的论证，把宇宙说成是数学家，还用芝诺的另一个论证，把宇宙说成是音乐家，竖琴家：整体要大于部分；我们能用智慧，我们是宇宙的一部分，因而宇宙是有智慧的。

这类例子真是说不尽道不完的，论证不但错误，而且不伦不类，不能自圆其说，说明创造者愚蠢更多于无知，从这些哲学家因意见不合和门户之见而相互攻讦来看可见一斑。谁把人类有欠审慎的谬论搜集起来，真是一部奇书。

我很乐意把这些看法汇编成册，从另一方面来看，这跟健康和稳重的看法同样使人得益匪浅，从中可以对人及其感觉和理智作出评判，既然这些大人物踌躇满志时，表现出那么多明显严重的缺点。而我宁可相信他们只是偶尔涉猎学问，好似信手拿起一个玩具，对待理智就像对待一件随便拨弄的乐器，什么荒谬绝伦的想法都可提出来，有时盛气凌人，有时不堪一击。同是这位柏拉图，他把人比作母鸡，又在什么地方跟着苏格拉底说，他实在不知道人是什么，人是宇宙中最难了解的一个零件。

他们自己的意见纷纭不一，却要指引我们，无须明说也只会是一场无结果的结果。他们表达自己的看法时并不坦诚明白，这已成为习惯；他们把自己的真面目有时隐藏在诗的浓雾后面，有时掩盖在另一副面具下；因为人的不完美还包含这一点：我们的胃并不总是适合吃生肉。应该把生肉晾干，煮熟，烧透。他们有时把明明白白的看法和判断，弄得不明不白，再根据大众需要伪装一番。为了不致吓着孩子，他们不愿意坦然承认人的理智是无知和愚蠢的；而是让我们在混乱和反复无常的学问的表面下看到足够的理智。

在意大利，我劝一个结结巴巴说意大利语的人说，他若只要人家听懂而不求精通，可以想到什么字就说什么字，拉丁语、法语、西班牙语，或加斯科涅语都可以，只是加上意大利语的词尾；他总会碰上意大利境内托斯卡纳、罗马、威尼斯、皮埃蒙特或那不勒斯的方言，跟这个词是吻合的。我对哲学也可讲这句话：哲学家有那么多不同的面貌，说过那么多不同的话，我们一切稀奇古怪的想法都可在那里找到。人想象中的好事坏事，里面无不具备。"说话再蠢，也蠢不过某些哲学家说过的话。"（西塞罗）我在人前坦陈我的念头，虽然这些念头没有师承，完全从我的头脑里钻出来的，但是我知道跟古人的想法会不谋而合，那时就有人说："他不就是从哪儿抄来的么！"

我的生活方式是自然的生活方式，我不需要模仿古人才去形成。但是不论我的生活方式多么微不足道，一旦我想向谁提起，为了在人前表现得文雅一点，我有责任把这些方式配上箴言和范例，有时我自己看到也不禁感到吃惊，跟许多哲学家的范例和言论何其相似。我的生活属于哪一类，只有对我的生活探索和实践后，才会知道。新型人物：一位信口开河、客串的哲学家！

还是回到我们的灵魂问题。柏拉图认为理智来自头脑，愤怒来自心，贪婪来自肝，这更像是在阐述灵魂的活动，而不像他愿意做的那样在剖析灵魂，好似在把身体区分成了许多肢体。他们中间最接近真理的看法，那是把灵魂看作一个整体，它的功能是推论、回忆、理解、判断、欲望，通过身体的不同器官进行其他一切操作（犹如舵手根据他的经验驾驶船只，有时拉紧或放松绳索，有时升高帆桁或摇动船桨，用一种力量掌握不同效应），灵魂来自头脑，这由于头脑受到伤害和意外后，灵魂的功能必然受损；从头脑再转移到身体的其余部分也不是没有道理的：

　　福玻斯从不偏离他的天路，
　　然而到处有他的光芒。

——克劳迪乌斯

宛若太阳从天空把光芒和力量传播到宇宙的四面八方：

灵魂的另一部分散布到全身，
一动一静完全遵照精神的意图。

——卢克莱修

有的人说有一个大灵魂，如同一个大身体，许多小灵魂都是从大灵魂中衍生的，然后又回到那里跟这个宇宙物质相结合。

神遍布星球大地，
海洋空间，云天深处。
不论大小牲畜、野兽和人，
从他那里汲取生命的精华，
消失后都回到他那里，
死亡是不存在的。

——维吉尔

有的说这些小灵魂仅仅是回到那里，依附在那里；有的说它们是神圣物体生成的；有的说是由天使用火和空气创造的。有的说自古就有，有的说需要时才有。有的说是从月轮上来，回月轮上去。一般古人认为小灵魂跟其他自然物一样是代代相传的，品质与生成过程都相差无几，孩子跟父母相像就是这个道理。

> 父亲的美德随着生命遗传给你。
>
> ——作者不详

> 勇敢和有美德的父亲生出勇敢的孩子。
>
> ——贺拉斯

父亲遗传给孩子，不止是身体特征，还有脾气、表情和癖好：

> 为什么狮子的凶暴遗传给小狮子？
> 狐狸的狡猾，鹿的疾驰
> 都是由血统遗传的。
> 祖传的恐惧使它们的肢体发颤；
> 原因是每个物种都有一定的灵魂，
> 随着身体成长。
>
> ——卢克莱修

这方面建立上帝的公正，父亲的缺点报应在孩子身上；同样，父辈的罪恶也在孩子的灵魂中得到反映，父辈的骄奢淫逸也感染到孩子。

还有人说，如果灵魂不是来自自然的延续，而来自身体外的其他物体，它们会记起原始的本质，因为讨论、推理和记忆是它们的天然性能：

> 灵魂若在出生时钻入体内，
> 为什么我们对前世没有一点记忆？
> 为什么过去的行为没有一点痕迹？
>
> ——卢克莱修

　　如果按照我们的意愿那样去发挥，应该认为灵魂在自然的纯洁状态时是非常聪明的，进入肉体以前没有桎梏，我们也希望它们摆脱肉体以后也是如此。以此来说，灵魂在肉体内时还是应该有记忆的，像柏拉图说的我们学到的东西其实只是对从前认识的东西的回忆。

　　每个人从自身经验来看都知道这样说是错的。首先，我们学到的恰是我们回忆不起来的东西，如果记忆只起单纯的记忆作用，至少还涉及一些学习以外的东西。其次，灵魂处于纯洁状态时具有神圣的理解力，了解到的是实在的东西，学习到的东西是真正的学问，到了世上，如果教的是谎言和罪恶，学到的也就是谎言和罪恶了！这方面灵魂不能使用回忆，因为这种形象和观念从来没有在灵魂中存在过。这就是说，肉体的桎梏窒息了原始的性能，并使它们全部消亡，这种说法首先与另一种信念是背道而驰的。那种信念承认原始性能的力量是那么强大，人在今生中运用得那么出色，从而得出结论说，这种神圣性与永久性在过去是存在的，在今后也是不朽的：

> 如果灵魂的功能彻底改变，
> 以致对过去没有一点回忆，
> 我的意见是这离死亡也不远了。
>
> ——卢克莱修

此外，应该在这里，在我们的体内，而不是其他地方，去考虑灵魂的力量和效果；其他什么完美性都是虚的和无益的。灵魂的不朽性应该在目前的状态下得到承认和体现，也只有这样对人的一生才是有价值的。但是因而否定灵魂的禀性和威力，剥夺它的神功，在它处于肉体的桎梏下萎靡不振、无可奈何时，而对它作出评论，贬得永世不见天日，这是不公正的。考虑到这段时间非常短促，最短只有一两小时，最大不过一个世纪，对于无穷无尽来说只是一瞬间；以一瞬间来安排和决定过不尽的未来，这也是不公正的。根据这么短暂的一生作出永生永世的赏罚，岂不是极大的失衡行为。

柏拉图为了弥补这个缺点，要让未来的赏罚不超过一百年，这跟目前的人的寿命是相适应的；我们也有一些基督徒主张给予时间的限制。

　　伊壁鸠鲁和德谟克利特在这方面的意见拥有信徒最多，他们认为灵魂的成长跟人间万物的成长遵循同样的条件，种种迹象表明，肉体能够接受灵魂时灵魂就出生了；灵魂的力量也像肉体的力量那样增长；童年时代幼弱，随着岁月强壮成熟，然后衰退，老迈，最后消亡。

　　　　我们觉得灵魂随着肉体诞生，
　　　　跟肉体同时长大衰老。

　　　　　　　　　　　　　　　　——卢克莱修

　　他们看到灵魂也有各种情欲，因受折磨而激动，陷入厌倦和痛苦；也会感情变化，欢欣，消沉和颓唐；也会像胃或脚那样患病受伤。

　　　　我们看到灵魂也像病体那样，
　　　　通过药物治疗得到痊愈和康复。

　　　　　　　　　　　　　　　　——卢克莱修

也会因不胜酒力而丧失神志，因发高烧而茫然失措；服了有的药昏迷不醒，服了有的药精神抖擞：

> 灵魂生来跟肉体相连，
> 随同肉体感到打击折磨的痛苦。

——卢克莱修

人们看到，被病犬咬上一口，灵魂的全部功能会衰退和混乱；没有了果断思想，没有了傲气，没有了美德，没有了哲学决心，没有了力量积蓄，无法使灵魂免受事故之累；一条瘦狗的口水淌到苏格拉底的手掌上，他的智慧和旷世奇才都发生动摇，导致他的天赋聪颖全面崩溃。

> 灵魂受到了打击，
> 毒性发作使它分崩离析。

——卢克莱修

他的灵魂对付毒素不比四岁孩童的灵魂更有抵抗力；如果把哲学比拟为人的话，毒素也会使哲学愤怒发疯；加图可以对死亡和命运不屑一顾，但是他受到疯狗的感染，患上了医生所说的恐水症，看到一面镜子或一潭水都会惊慌失措受不了：

> 毒性蔓延到四肢，来势凶猛，
> 搅得灵魂慌慌张张，

犹如劲风吹来，白沫浪花滚动在海滩上。

——卢克莱修

在这方面，哲学倒使人得到了武装，去忍受所有其他意外事故；如果痛苦不堪忍受的话，也会面对不可避免的失败排斥一切感情；但是这种态度适合一颗有主见、有魄力、善于思考和推理的灵魂；但是当一位哲学家的灵魂变得疯疯癫癫、混乱失常时，就做不到这一点。在许多情况下，会产生一种过度的激动；灵魂在强烈刺激下会在身体的某一部分造成一个创伤，或者在胃部出现一种气体，使我们神志不清，晕头转向。

肉体生病时，神志不清，悠悠忽忽；

病人思维混乱，说胡话；

有时昏昏入睡再也醒不过来；

眼睛紧闭，脑袋耷拉。

——卢克莱修

我觉得哲学家还没有去碰这根弦的。也没有去碰重要性相似的另一根弦。他们为了安慰我们这些会腐朽的人，嘴里老是提到这个难题："灵魂既是腐朽的，也是不朽的。因是腐朽的，它将会毫无痛苦；因是不朽的，它就会不断改善。"他们从来不接触另一种说法："那么要是灵魂不断恶化呢?"而让诗人去描绘今后的苦难。但是他们给自己留下的是一份美差。在他们的讨论中这是我发现的两大漏洞。我回头再提第一个漏洞。

斯多葛派的主导思想一成不变，这样的灵魂对它是不感兴趣的。我们美丽的智慧在这些领域必须缴械投降。然而，出于人的理智的虚妄性，哲学家也认为，把腐朽的肉体与不朽的灵魂这两个如此不同的东西凑在一起是不可想象的：

> 把腐朽与不朽结合一起，
> 以为它们有共同的感情和功能，这是疯狂。
> 一个会消亡，另一个会长存，
> 还有什么更加不同、悬殊和不协调，
> 怎么能够以为它们能够
> 共同抗御同一风暴?
>
> ——卢克莱修

此外，他们觉得灵魂也像肉体会走向死亡：

> 它被岁月的重担压垮了。
>
> ——卢克莱修

据芝诺说，我们睡眠的情景足以说明这点。因为他认为，这是灵魂和肉体同时的一次沉沦："他相信灵魂在收缩，也可说向下滑落。"（西赛罗）在有的人身上看到灵魂的精力维持到生命的最后时刻，他们把这点归结为病的不同，犹如我们看到临终时有的人保持这一种感觉，有的人保持另一种感觉，有的是听觉或嗅觉丝毫不见减弱；他们不会全身功能衰退，总还有某些部位保存着生命力：

> 犹如一名病人患了脚疾，
>
> 而脑袋依然无恙。
>
> ——卢克莱修

亚里士多德说，我们的判断力看到的真理，就像猫头鹰眼睛里看到的阳光。在强烈的阳光下看到的是一片茫然，我们又如何用来说服别人呢？

对灵魂的不朽首先提出相反看法的，据西塞罗说，至少根据古籍提供的证据来看，是塔勒斯国王时代的佩雷西德斯（也有人说是泰勒斯，也有人说是其他人），这是人文科学中存在最大的保留和怀疑的部分。这方面，最坚决的独断主义者也不得不主要隐蔽在学院派的迷雾后面。没有人知道亚里士多德持什么样的观点，古人一般是怎样想的；古人的提法模棱两可："那些人提出许诺但不证实什么，这多美妙。"（塞涅卡）亚里士多德的语言暧昧难懂，他躲在这层云雾后面，让他的信徒对灵魂本身和他对灵魂的看法一起争论不已。

有两件事使他们对这样的看法抱有好感：第一，如果灵魂不是不朽的，荣誉就会失去基础，大家不会有什么期望，荣誉对世界的赞美是一个极为重要的因素。第二，据柏拉图的说法，这是一种非常有益的想法：人类的正义有疏漏和不明确的时刻，当罪恶逃过它的制裁时，就落入了神的制裁，神会追逐有罪之人，甚至在他们死亡以后也不停止。

人一心一意要延长自己的存在，会用尽一切方法去追求这个目的。保存肉体的是坟墓，保存名声的是荣誉。

人对自己的命运不满意，就千方百计去编造故事，重新塑造自己和支撑自己。灵魂由于自身的彷徨和软弱，不可能有立足点，它就要到异地去依附和扎根，到处寻求安慰、希望和基础；不论编造的东西如何无聊荒唐，灵魂还是得到了更为安全的依托，也就更加乐意沉溺其中。

灵魂不灭虽是那么合情合理和明白无误，但是对这种说法最执迷不悟的人也充满了疑惑，因为他们要以人的力量去证实则显得束手无策。一位古人说，"这是一个祈愿者的梦想，他不需要实证。"（西塞罗）从这条见证来说，人可以认出他个人发现的真理完全是出于偶然和侥幸，因为当真理落到他的手里时，他还无法抓住和掌握，他的理智也没有力量承受。

我们的理性创造的任何东西，正确的与虚假的皆有，都可以对它们表示怀疑和展开讨论。这是针对我们的骄傲和自负，我们的卑微和无能，上帝创造了巴别塔，引起混乱和差错。我们没有上帝的襄助所做的任何事，我们没有上帝恩惠的明灯所看到的东西，只是虚妄和疯狂。真理的本质是一致和恒久的，当命运赐给我们机会掌握它时，我们也会由于自己的软弱而把它糟蹋和玷污了。

人自身不论怎么做，上帝总是让他陷入同样的混乱；上帝打击宁禄不可一世的气焰，破坏了他建造巴别塔这个狂妄自大的计划，这个罪有应得的惩罚生动地说明这件事："我要灭绝智慧人的智慧，废弃聪明人的聪明。"（《圣经》）上帝让他们用不同的口音，说不同的语言，阻止了这项工程，岂不就是在看法和理性上这种永无休止的争论和不协调，时时刻刻阻碍人在学问上有所建树，很有效地制造了混乱。如果我们有了一点智慧，还有什么能够阻止我们呢？我爱听那位圣人的话："看不到自己的长处，这可以培养我们谦虚，抑止我们骄傲。"（圣奥古斯丁）我们盲目和愚蠢又会引起如何的傲慢无礼！

但是回到我的话题，我们皈依上帝，仰仗上帝的恩惠和那么值得信任的真理，是很有道理的，因为只是由于上帝的慷慨宽容，我们才获得不朽的果实，享受永久的幸福。

我们必须坦然承认，信仰只有靠上帝赐给，信仰不是自然和理智能教导的。谁若不凭借神的启发，对自己的本质和力量作几次内心和外界的考验，谁若对人有实事求是的看法，就可看到人的才能和天赋无不最终归于死亡和尘土。我们愈要向上帝奉献感激和答谢，愈要在行动中做个基督徒。

这位斯多葛哲学家说，他从民众呼声中偶然得到的信念，不是更加深他从上帝那里得到的信念吗？当我们议论灵魂的不朽时，那些害怕或崇拜阴界鬼神的人一致赞同，这提供给我们一个有分量的论据。我很好利用了这个普遍信念。（塞涅卡）

然而，为了证明我们今后是如何不朽的，人在这条看法以后还添加了那些荒诞不经的情景，这反而说明了人在这个问题上提出的论据的软弱性。斯多葛派认为灵魂在今世以后还有来世，但是这个来世是有限的："他们认为我们像乌鸦那么长寿；他们声称灵魂可以生命长久，但不会生命永久。"（西塞罗）

最为大众普遍接受，并在许多地方继续流传的看法，据说是毕达哥拉斯的看法，他不是第一个提出的人，但由于得到他的权威性认可，就更有分量和深入人心。这个看法是灵魂脱离我们以后，从一个身体投到另一个身体，从一头狮子投到另一匹马，从一匹马投到一位国王，这样无休止地挨家挨户投生。

毕达哥拉斯说他记得起从前是埃达里德斯，后来是欧福耳玻斯、埃莫蒂缪斯，最后又从皮洛斯成为毕达哥拉斯，根据记忆共历时二百零六年。有的人还说，这些灵魂有的升天以后再降凡的：

> 哦，天父！有的灵魂升天后，
> 还盼望回到笨重的躯体？
> 这些可怜的灵魂那么渴望见到光明？
>
> ——维吉尔

　　奥利金认为灵魂永远在福地与苦海之间穿梭，瓦罗提出这样的看法，灵魂每隔四百四十年一次轮回，回到最初的躯体。克里西波斯则认为中间相隔一段不确定的时间后再发生的。

　　柏拉图说他是从品达罗斯和其他古代诗人那里得到这个信念，灵魂经历永无穷尽的延续嬗变，在这个过程中灵魂得到洗涤，在另一个世界中的苦难和报偿只是暂时的，因为它在这个世界的生命也是暂时的，因而得出结论说灵魂本身熟知天堂、地狱和人间的事务，因为它来回逗留了好几次：这是回忆的内容。

　　以下还是他的灵魂转生的说法："他一生做好事，他回到他命定的星宿；他一生做坏事，他变成女人；如果他还不知悔改，他再变成畜生，其品性跟他的恶行是一致的；他若不弃邪归正，通过理智的力量改掉身上的粗鲁、愚蠢和原始的本质，恢复原有的性情，他的惩罚就不会结束。"

　　但是我不愿忽略伊壁鸠鲁派对这种灵魂投生说的反对意见。

这种异议是有趣的。他们问，如果死者要多于生者的话，会产生什么样的秩序呢。因为脱离肉体的灵魂要相互拥挤，看谁能够第一个投入到新躯体里去。等待新躯体准备就绪以前，那些灵魂如何打发它们的时间。再反过来说，如果出生的动物要超过死亡的动物，伊壁鸠鲁派说它们的躯体在等待灵魂的投生时，会慢慢腐烂，以致有的在有生命以前就已死亡了：

> 灵魂伺机等待动物的交配和生产，
>
> 无数的不朽之物对着
>
> 腐朽的肉体虎视眈眈，
>
> 然后抢着投生到里面；
>
> 这种想法是可笑的。
>
> ——卢克莱修

有的人说，人死后灵魂停留在体内，等待把生命传给蛇、昆虫和其他动物，据说这些动物是靠肉体腐烂，甚至变成尘土后而生成的。有的人把灵魂分为腐朽部分和不朽部分。有的人说它是有形的，但是不朽的。有的人说它是不朽的，但是无知无觉。还有人认为有罪人的灵魂会变成魔鬼（我们基督徒中也有这样的看法）；普鲁塔克相信得到拯救的灵魂变成了神。这位作家在许多问题上说话模棱两可，这次也算是他难得在一桩事上说得那么肯定。

他说："根据大自然和神的正义尺度评出有美德的人，他们的灵魂可以使人变成圣人，使圣人变成半神；而半神经过炼狱的补赎，得到完全的净化和洗涤，摆脱了一切痛苦和欢乐，得到永生，他们才变成完全的和完美的神，享受永福和荣耀，这不是通过民间的法律，而是按照实情和理性的必然。我们应该坚决这样相信才对。"

普鲁塔克还是本学派中最克制、最温和的哲学家，但是你要是愿意看他在这个问题上如何大胆发表奇谈怪论，我请你读一读他的文章《苏格拉底的月亮和魔鬼》。书中比哪儿都明白无误地表示，哲学的怪诞与诗的怪诞竟有那么多的相像之处，人对一切事物要问个水落石出，必然破坏自己的理解，犹如人来到漫漫的人生尽头，精疲力竭，又回到孩提时代。——以上才是我们在研究灵魂时应该汲取的有益和有用的教训。

人在研究身体部分时，其鲁莽的程度也不见得稍减。让我们选择一两个例子，不然我们会坠入医学错误的大海中而迷失方向。我们必须知道至少在这点上大家是否一致：人是用什么材料制成的。

至于最初的传种接代，要追溯到洪荒时代，人对此当然已不甚了了。物理学家阿基劳乌斯——据亚里士多塞诺斯说苏格拉底是他的得意门生——说过人和动物是一种乳白色泥土利用地热烘烤出来的。

毕达哥拉斯说我们的种子是我们最纯的血的泡沫。柏拉图说是背脊的骨髓汁，他的论据是这个部位首先感到疲劳和辛苦。阿尔克米昂说是脑质的一部分，他说这话的道理是用脑过度会引起眼睛发花。德谟克利特说是全身提炼的一种物质；伊壁鸠鲁说是灵魂和肉体的提炼物。亚里士多德说是血的滋养物中提取的一种分泌物，最后遍布全身。其他有人说是由生殖器的热量煮熟和消化的血，他们这样说是因为人在最后关头吐出来的滴滴是纯血。这看起来倒有点相似，如果在众说纷纭的看法中也能找出相似点的话。

那么，精液是怎样繁殖的，这里又有多少不同的看法？亚里士多德和德谟克利特认为女人没有精液，她们在性欲亢奋时排出的是一种汗，对于生育是毫无作用的。盖伦则有相反的看法，他和他的信徒认为精液不交流是不会生育的。

还有医生、哲学家、法学家、神学家纷纷跟我们的女人争论女人的妊娠期要多长。而我以自己所知为例，支持那些认为妊娠期为十一个月的人。世界各国莫不如此：稍微有些知识的女人都可以对这些异议谈出自己的看法，然而我们还是要争论不休。

以上这些例子说明，人对自己的精神没有懂得多少，对自己的肉体也没有懂得多少。我们让人来谈人，让理智来谈理智，为了看一看它能给我们说些什么。我觉得这已足够表明理智自己也不理解理智。

对自身不理解的人，那么在什么事情上能够让人理解呢。

仿佛人能够衡量一切，却不能衡量自己。

——大普林尼

是的，普罗塔哥拉给我们说过这样的妙语，人从来不知道衡量自己，却会衡量一切。如果人不能衡量自己，他的自尊心也不允许其他创造物有这份能力。人本身那么充满矛盾，一个人有了想法后不断地会有人进行驳斥，这种兴高采烈的讨论仅是一场闹剧，不得不使我们得出这样的结论：衡量标准与衡量者都是虚无的。

当泰勒斯认为人要认识人是很难的时候，他是在告诉人要认识其他东西也是不可能的。

第七节　感觉、理智与知识的相对性

　　我违反常规，喋喋不休地说了那么一大通，想来您指玛格丽特·德·瓦卢瓦公主。她是亨利二世与卡特琳·德·美第奇的女儿，未来亨利四世国王的妻子。不会拒绝用天天在学的辩论方式来维护您的塞邦，在这件事上应用您的智慧和学问。这是我的最后一招，作为最后的灵丹妙药使用。这是拼死的挣扎，把法宝都施展出来，为了使对手失去他的法宝，这是一种绝招，应该难得使用，有节制地使用。这是极大的冒险，伤不了别人就会伤着自己。

　　不应该把寻死作为报复手段，像戈布里亚斯做的那样。当他与一名波斯贵族紧紧搂在一起搏斗时，大流士提了宝剑出现了，但是不敢挥剑，怕伤着了戈布里亚斯，戈布里亚斯对着他喊，他应该勇敢地刺过来，就是把两个人刺穿也要这样做。

　　有时激战到了白热化程度，任何一方都没有可能幸免一死，我就见过这些人是怎样壮烈自戕的。葡萄牙人在印度洋上掳掠了十四名土耳其人，这些俘虏急于要摆脱囚禁，决心用船上的钉子相互磨擦，让火星落到船上的火药桶上，竟把船只毁之一炬，让自己和掳掠者都葬身火海。

我们在这里动摇科学的限制和最后关口，科学如同美德，走上极端就成了祸害。您要随大流，过分敏锐与精明都没有好处。您还记得那句托斯卡纳成语："过细者易折。"不论对事物看法还是生活习惯或其他事情，我奉劝您要节俭平和，不要追求新奇。任何怪模怪样的事使我生气。夫人门第显赫，德高望重，对谁都可颐指气使，何不将这份工作交给从事学术的人去做，他必然会支持和丰富您的想法。这样也有您做不完的工作。

伊壁鸠鲁说，法律即使是最坏的，对于我们也是必要的，没有法律人会相互吞噬。柏拉图说的话也相差不远，没有法律我们会像野兽那样生活，他写过论文证实这一点。我们的思想是一件不易驾驭、危险和爱惹是生非的工具，很难要它遵守秩序和尺度。在我的那个时代，那些出类拔萃、生龙活虎的人，差不多个个都高谈阔论，放浪不羁。遇到一位知书达礼的规矩人，可称为出现了奇迹。所以对人的思想围上栏杆，不许越雷池一步，也不是没有道理的。

在学问上像在其他事上，必须计算和调整它的步子，必须划定它的狩猎范围。于是用宗教、法律、风俗、学说，箴言、生前死后的惩罚和奖励来束缚和钳制它；大家还是看到思想在得意忘形时会挣脱这些樊笼。这是一个无形的物体，不知道往哪里去抓，去打；这是一个畸异的物体，不知道在哪儿打个结，装个把手。当然，有的灵魂值得人家信任，凭着自己的判断，超越一般人的看法自由遐想，同时不忘适度和克制，毕竟这种坚强、规矩和赤诚的灵魂不太多见。还是把灵魂置于控制下更为稳妥。

思想是一把伤人的利剑，即使对于佩剑者也是如此，如果他不知道如何谨慎适当挥舞的话。犹如没有一头牲畜不需要戴上眼罩，要它的眼睛只看到脚前的这条道，不让它左右乱走，脱离习俗和法律给它确定的车辙。因而不论常规的路程是怎么样的，您不要偏离左右，对您来说，也比信口开河图一时之快的好。如果哪一位新派学者，不顾他自己和您的灵魂得救，企图在您面前卖弄才情，这也是紧急关头的一面保护伞，使您避免感染天天在您的院子里弥漫的这场危险的瘟疫，也防止毒素传染，伤害到您和您的周围。

古代人思想自由活跃，在哲学和人文科学形成了许多不同见解的学派，每个学派要判断、要选择来确定自己的宗旨。但是现在都在一条路上，"大家都依附和信守一定的不可更移的看法，即使他们不同意的东西也不得不为之辩护。"（西塞罗）我们学习各门学科也按照官方颁布的章程规则，以致学校也只有一种主导思想、相同的机构和限定的学科，大家不检验这些货币重多少，值多少，而是按照时尚的说法算多少就是多少。没有人计较什么含金量，只要能当多少使用就行；其他东西的情况与此一样。

医学被当作了几何学；诈骗、妖术、伤阳术、人鬼精神沟通感应、算命、星相、卜卦，甚至追寻点金石那样的闹剧，都畅行无阻。只需要知道火星在掌心中央，金星在大拇指上，水星在小指上，如果命运线穿过食指的结节，这表示性格残酷；如果命运线在中指下突然中断，中间性格线跟生命线在同一部位相交，这表示要遭横死。对女人来说，如果性格线跟生命线相隔很开，不相交，这表示那个女人不守妇道。我可以请您作证，一个男人这样花言巧语，能不能在女人堆中大受欢迎？

泰奥弗拉斯图斯说，人的智慧是由感觉支配的，对事物的原因可以有一定程度的认识，但是要探究事物深远的本质，人的智慧必须适可而止，不然会由于自身的缺点或事物的难度而愚不可及。说我们的智慧能够认识某些事物，有一定的威力，超过这个程度会显得自不量力，这已是一种温和持中的看法了。

这种看法很受随和的人的欣赏和采纳。但是要限制我们的思想则没有作用，我们的思想充满好奇，贪多务得，没有理由不认为走得了五十步，也就走得了一千步。从经验上得知，一个人干不了的事，以后的人会干成；这一个世纪不知道的事，下一个世纪就会明白；学问和艺术不是投入模子铸造的，而是屡次三番琢磨切磋慢慢形成的，像小熊的相貌是由它的熊妈妈从容不迫舔出来的。我没有能力发现的东西，还是要探索和试验，对新事物推敲斟酌，条分缕析，为后来者提供了方便，使他们驾轻就熟更好掌握。

> 伊梅特山出产的蜡在阳光下软化，
>
> 用拇指一捏变成不同形状，
>
> 愈揉愈有弹性。
>
> ——奥维德

后者就是这样受惠于前者，这说明为什么困难不会叫我绝望，我的无能也不会令我沮丧，因为这只是我个人的无能。人能够做一件事，也就能做其他事。人若如泰奥弗拉斯图斯说的，承认自己对事物深远的本质是无知的，那就会让他痛快地把其他一切学问也都抛弃；如果缺少了基础，他的推理就无所依据；任何讨论和探索的唯一目的是了解本质；如果他的思想不是确定去追求这个目的，就会彷徨失去方向。"对任何事物来说，理解就是理解，无所谓一件事物比另一件事物更易理解或更难理解。"（西塞罗）

因而，很可能是这样情况，如果灵魂知道一些东西，首先是灵魂自己先知道；如果灵魂知道灵魂以外的东西，首先是知道它的肉体躯壳。如果今天我们看到医学界上的诸神对人体的解剖争论不休，伏尔甘反对特洛伊，而阿波罗支持特洛伊。

——奥维德

我们等待到何年何月他们才会一致呢？我们跟自己，自然要比跟雪的白色和石头的重量更接近；如果人不自知，他怎么又能知道自己的特长和能力呢？他心中不能说没有一些真正的知识，但是这是偶然得到的。谬误也可以通过同样途径，用同样方法输入到他的灵魂中，他的灵魂没有能力甄别和区分真理与谎言。

学院派声称判断的天平可以向任何方向倾斜，认为雪一定是白的而不是黑的，未免有点武断，我们也无法对我们手中抛出的石头的运动，比对第八层星河的运动有更大的把握。他们都说我们没有能力认识真理，真理是深深埋藏在人生无法探索的深渊里。尽管如此，事实上我们的思想中还是难以容忍这种困难和排斥性；为了解除这个疙瘩，他们就声称某些事要比另一些事更为真实，他们的判断的天平更倾向于这种现象而不是另一种现象；他们容许这种倾斜，但是作不出任何结论。

皮浪派的看法更大胆，同时也更可信。因为学院派提出这种向一个建议比向另一个建议更倾斜的说法，不外乎在这两个建议中承认在表面上显出更多真理的那个建议。如果我们的理解力能够攫住真理的形式、线条、姿态和面貌，我们看到的既可以是全面的真理，也可以是半面和残破不全的真理。这种似真的表面认识可以使他们向左倾而不向右倾，然后扩大这种表面认识；使天平倾斜的这一盎司的表面认识，日积月累，会乘上一百盎司，一千盎司，终于使天平完全倾斜一方，作出绝对的选择，接受全面的真理。

他们不认识真，怎么又会屈从相似真的东西？他们不认识本质，怎么又会认识相似本质的东西？我们要么能够全面评论，要么完全不能评论。如果我们的智力和感觉没有基础和立足点，如果我们的智力和感觉只会随波逐流，随风而动，我们让自己的判断受它们的任何影响，不论这种影响在我们看来是怎么样的，这种判断会毫无意义。因而我们在理解上采取最可靠和最恰当的姿态是保持沉着、正直、不屈不挠、不摇摆、不激动。"真实的表面和虚假的表面，毫无区别都会影响判断。"（西塞罗）

事物并不以它们的形式和本质，也不以它们的自身力量和权威摄入我们的心目，这点我们看得很清楚。要是这样的话，我们就会用同样的方式接受它们。酒在病人的嘴里和在健康人的嘴里就会是一样的味道。手指皲裂或长风湿的人摸到木头或铁块，就会跟其他人一样感到坚硬。这样外部事物听任我们摆布，我们爱怎样看待就怎样看待。

如果我们自身接受事物而不加以歪曲，如果人的悟性大而坚定，可以自主地掌握真理，这种自主对人人都是一样的，那么这个真理就能辗转相传。不管天下有多少看法，至少有一种看法，在人看来是可以得到举世公认的。然而事实却是没有这样一种看法，哪种看法不是争论不休，歧义百出，这说明我们天生的判断不能明确抓住它抓住的东西。我们的判断也不能被我们的同伴的判断所接受，这又是一个明显的信号，我不是通过我本人和其他人心中具有的天然能力，而是通过其他能力才得到这个判断的。

哲学家中间意见分歧，对于认识论的永无休止的普遍争论，可暂且不谈。因为这已是非常真实的前提：人——我指的是最有天分和学问的人——对任何事，都不会取得一致的意见，甚至对我们头上有天这一事也是如此，因为那些怀疑一切的人对这点也是怀疑的。那些否认我们能够认识事物的人也说，我们并不认识天是不是在我们的头上。持这两种意见的人在数量上无疑是最多的。

除了这种说不完的分歧和异议以外，还有我们的判断对我们造成的迷惑，我们每人对自身的无把握，更易显出我们的基础是多么不平稳。我们对事物的判断有多么不同？我们有多少次出尔反尔？我今天主张和相信的东西，确是出于我的全部信仰才这样主张和相信的。我全心全意坚持这样的看法，并可保证我的心意是诚诚恳恳的。我拥抱和维护任何真理不可能像这次灌注更多的精力。我全身心地投入，我真诚地关注；但是我不是也曾不止一次，而是百次千次，天天拥抱其他真理，也是这么全心全意，也是这么诚诚恳恳，事后又都经我的判断说是错了吗？至少我们应该吃一堑长一智！

如果我经常受到表面现象的迷惑，如果我的试金石平时失效，我的天平失偏和不公正，我怎么能够证实这回是对的而其他回是错的呢？屡次三番受同一名向导的愚弄，这不是自己傻吗？就像命运使我们东西奔波，挪动了五百个地方，就像命运把我们的大脑当作一只罐子，不停地把各个看法装进去取出来，总是现在的最后的那个看法是可靠没错的。为了这个看法，我们必须牺牲财产、荣誉、生命、永福和一切。

新的发现否定了老的发现，

让人不再提起。

——卢克莱修

不论人家对我们说什么，不论我们听到什么，必须永远记住这一点：给的是人，接受的也是人。是人的手交给我们的，也是人的手接受下来的。只有受自天上的东西才是唯一正直和具有说服力的东西，唯一带有真理标志的东西。这就不是我们肉眼能够看见，也不是我们的能力能够接受的了。这个神圣伟大的形象决不会降生在这样一个虚弱的人体上，除非上帝特别开恩，使用超自然的力量使它得到改造和坚强，承担起这个任务。

人是会犯错误的，这一点至少让我们在改变看法时行为更加谨慎克制。我们应该记住，不管理解了什么，常会理解到一些错误的东西，同样都是通过这些时常会自相矛盾和迷误的心灵。

　　因为心灵稍一遇到变化便会左右摇摆，自相矛盾也就毫不奇怪了。我们的理解、判断和其他心灵功能都受到肉体行动和改变的影响，而肉体又是在不断行动和改变的。我们健康时不是比患病时精神更抖擞，记忆更清晰，言辞更生动吗？我们的灵魂接受事物，在欢欣愉快时和痛苦忧郁时，看到的面目不是也会不一样吗？您认为卡图鲁斯或萨福的诗句，在一个吝啬刻薄的老人读来，跟一名朝气蓬勃的青年感到同样愉快吗？阿纳克桑德里德斯国王的儿子克利奥米尼兹生病，他的朋友责备他脾气和想法跟平时不一样，他回答说："我想是不一样，因为我不是健康时的我，我换了一个人，我的脾气和想法也就不同了。"

　　在法院庭审时，常有这样一句话，谈到罪犯碰上了心境愉快、神情怡爽的法官："他可交上了好运。"因为这是肯定的，法官有时判决极严，铁面无私，绝不通融，有时又很好说话，宽大处理。那位法官从家里来时犯风湿痛，心里嫉妒，或者被仆人偷了什么小东西，憋着一肚子的怒火，不用怀疑他的判决也就必然严厉。这位可敬的雅典刑事法庭的元老在晚上审判，避免看到被告的模样影响他的公正。即使空气和天空的晴朗也会改变我们的心情，像西塞罗转述的这句希腊诗：

人的想法变化不定，就像朱庇特

洒在大地的光线时强时弱。

——荷马

不但发烧、饮酒和重大事故会推翻我们的判断，世界上任何小事也会使我们的判断迟疑不决。如果持续不退的寒热会损害我们的心灵，三天发烧照样会按照相应的程度使它产生变化，这点是不容怀疑的，虽然我们还不能察觉。中风使我们完全丧失知觉，不应怀疑感冒也会迷乱我们的智力。因而我们一生中几乎难得有一个小时判断力完全处于应有的健康状态，我们的肉体始终不停地在变动，内部又有那么多的器官组织（这点我相信医生的话），简直不可能个个器官组织都处在正常状态。

目前来说，这种病不到最后无法医治的阶段是不容易发现的，尤其理智——畸形、跛腿和弯弯扭扭的理智——跟谎言与真理都是可以走在一起的，这就很难发现它的错误和偏差。

各人心中的这种推理现象，我总把它称为理智。围绕同一个主题可以产生上百种看法的这种理智，就像一种铅浇蜡制的工具，可以任意按照不同尺寸、不同形状伸缩弯曲，问题在于懂不懂如何拨弄它。

一位法官不论心意多么善良，若不严格自律——那是很少人乐于做的——不但友谊、亲情、美貌、复仇心理这些东西沉重地压在心头使他丧失公正，还有不稳定的本性也使他对某一事产生偏爱。或者在同样两件事上不经过理智的考虑而作出了选择；或者某一种虚荣心理不知不觉地产生微妙作用，都有可能使他失去公正，作出偏向一方或损害一方的判决。

我紧紧审察自己，眼睛时刻盯着自己，仿佛一个闲着没其他事可做的人：

> 他不在乎知道
> 冰天雪地的熊星座下，
> 哪位国王威镇一方，
> 是什么叫蒂里达兹恐惧万状。
>
> ——贺拉斯

我还是不敢说出在自己身上找到的虚荣和弱点。我的两腿是那么软弱和摇晃，觉得那么容易失足和栽跟头，我的眼光又那么昏花，以致在饭前饭后也判若两人；如果精神焕发，又逢上天气晴朗，我这人十分随和；如果脚趾上鸡眼发作，我就会虎着脸，恶声恶气，叫人不敢接近。同样骑马，有时觉得轻松，有时觉得艰苦；同样道路，这时觉得短，那时觉得长；同样一件事，这时做来愉快，那时做来不愉快。现在我什么事都乐意干，过会儿又什么事都不乐意干；此刻叫我高兴的事，以后又会叫我难过。

我内心自有千种冒失的、意外的激动。有时郁郁寡欢，有时大发雷霆；这时候垂头丧气，那时候又高高兴兴，都说不出什么名堂。当我拿起书，这次可能看到一篇绝妙的文章，深深打动我的心；另一次又翻到这同一篇文章，徒然前后反复琢磨推敲，它对我只是陌生和不成形的一堆文字。

即使我自己写作也是这样，我不是总能找到最初构思时的想法，我不知原来想说的是什么，因为忘记了最初的更有价值的意义，经常发奋修改文章，增加了另一种新的意义。我只是瞻前顾后，我的判断并不因此而前进一步，依然游移彷徨：

> 犹如大洋中的一叶轻舟，
> 突然受到风暴的侵袭。
>
> ——卡图鲁斯

多少次（我乐意这样去做），我针对自己的看法，提出另一个相反的看法，作为辩论的练习；我也朝着那个相反的看法去思想，去探究，当我觉得非常有道理时，我也会认为没有理由坚持当初的想法，会舍之而去。我几乎总是朝着自己的倾向前去，随着自己的偏爱而定，不论是什么样的方式。

每个人若像我那样扪心自问，就会觉得情况跟我相差无几。讲道者知道布道时有激情，会加强自己的信仰；我们在愤怒中捍卫自己的建议，慷慨陈辞，义无反顾，其激烈振奋的程度超过心平气和的时候。

您把一桩案情态度随便地告诉一名律师，他给您回答时犹豫不决，充满疑虑，您觉得让他为哪一方辩护都无所谓；如果您给他重金相酬，要他深入研究，正式接受委托，他会不会表示兴趣鼓起意志？他的道理会渐渐多起来，兴头会慢慢高起来；这桩案件在他看来就会有一种新的不容置疑的真情，他在里面发现一层完全崭新的含义，他诚心诚意相信，也诚心诚意说服自己。我不知道是因为对法官的压力和危险的迫切性而产生的忧愤之情，还是维护自己声誉的私心使这么一个人慷慨激昂，面红耳赤；他若自由自在地处在朋友之间，只怕为了这么一件事连小指头也不会动一动。

肉体的激情对心灵会产生很大的震撼，但是心灵本身的激情会产生更大的震撼；心灵受制于自身的激情，有时甚至可以这样认为，没有心潮澎湃，心灵也静止不动，犹如海洋中的一艘船，无风也就不会颠簸。遵循逍遥派学说而这样主张的人，他不会过分责备我们，既然一致公认最美好的心灵活动来自激情的推动，或者需要激情的推动。他们还说，没有愤怒的参与不会有完美的勇敢。

阿亚克斯一直是位勇士，

但是狂怒时最勇猛。

——西塞罗

我们在愤怒时打击坏人和敌人最厉害。说情人要引起法官的愤慨才会得到公正的判决。激情使地米斯托克利奋发；激情使德摩斯梯尼兴起；激情促使哲学家通宵达旦，四方讲学；激情鼓动我们去为荣誉、学说、健康做有益的工作。

苦难中灵魂表现的这种怯懦，可以在良心中产生悔罪和内疚，对上帝的惩罚和政治的压迫如对天灾那样敏感。同情促使我们宽仁，畏惧使我们清醒，遇事好自为之；多少好事是由野心促成的？多少是由自命不凡带来的？总之没有一桩大好美德不附带骚乱激动。因为上帝的恩惠是要激发情欲，打破宁静，才会在我们身上产生效应——情欲如同刺激和鼓励，鞭策心灵去采取符合美德的行动。伊壁鸠鲁派要上帝不要干预和关心人间琐事，这不也是其中理由之一吗？要不然就另有想法，把情欲看作是风暴，搅得心神不宁，难以为情。"没有一丝微风掀起波涛，海面就会平静如镜；同样，没有一点情欲搅动心灵，心灵也会如一潭死水。"（西塞罗）

我们不同的情欲会引起我们多么不同的感觉和理由，多么不一致的想象！对于那么一个变幻无常，天生容易胡来、盲从和迷乱，只是在外界的逼迫下匆匆作出回应的东西，我们能够从它那里得到什么样的保证吗？如果我们的判断再受疾病和神志不清的控制，如果它在疯狂和鲁莽下接受事物的印象，我们对它又有多少把握呢？

哲学家认为人在不能自制、怒不可遏和丧失理智时会做出惊天动地、最接近神性的大事，这种说法不是有点不近情理吗？我们依靠理智匮乏和迷乱时才得到补救。这两条走进神的殿堂和预见人的命运的天然通道竟然是睡眠和疯狂！

这件事想起来挺有意思：当情欲毁了理智时，我们成了有美德的人；当疯狂或死亡的形象吓跑了理智时，我们成了预言家和先知。这真是我最乐意相信的了。神的真理在哲学家的心里引起一种纯洁的热忱，恰是这种热忱违反了神的本意，强制我们的心灵处于平静稳定；哲学所能为它争取到的最清醒的状态，不是它的最佳状态。我们醒时比睡时还昏昏沉沉；我们的明智还不及疯狂明智；我们的胡思乱想比我们的推理更有意义；我们最糟糕的做法是守着自己的心。

但是哲学是不是认为，我们要注意到有一种哲理谈到过脱离了人的精神是那么有预见、伟大、完美，还谈到过跟人结合的精神又那么平凡、无知、蒙昧？这一种哲理是平凡、无知和蒙昧的人的思想实质；基于这个原因，这种哲理是不可靠和不可信的。

因为我是一个懒散鲁钝的人，对这类声嘶力竭的争执没有多大经验。这类争执大部分都是突然袭击我们的心灵，不让它有多少时间去认识。但是据说是年轻人百无聊赖而产生的这种情欲，虽然其进展从容而又节制，对于试图反抗其诱惑的人来说，显然代表了这种使我们的判断感到为难的改变和转化力量。从前我也全神贯注去克制和打消这种情欲（因为我实在算不上是一个爱好恶行的人，罪恶不找上我，我也不去找罪恶）；我感到情欲尽管抵抗还是在产生、滋生和不断增长；最后我看到并切身体验到它占据我的心头，仿佛在醉态中，事物的形象开始变得跟平时不同；在我的眼里，我所思念的东西的优点会愈来愈多，在我的想象中更是得到充分的夸张和渲染；我工作中的困难不足为惧，我的推理和知觉裹足不前；但是这阵狂热一刹那像一道闪光过去后，我的心灵又有了另一种看法，另一种状态，另一种判断；要摆脱的困难又显得巨大和不可克服，同样的事物又有了不同的意味和面貌，跟欲望炽烈时不一样。哪一种更真实呢？皮浪一点不知道。我们也不会没有病；寒热有时发热有时发冷，我们也会从火热的情欲一下子跌入寒颤的情欲。

　　我往前跃进多少，我也会往后倒退多少：

　　　　如同海潮的涨落，
　　　　一会儿扑向地面海水淹没了沙滩，
　　　　浪花溅落在礁岩，
　　　　一会儿挟了卵石纷纷后退，

留下光秃秃的海岸。

——维吉尔

我深知自己思想多变，偶尔在心中拿稳一些主意，很少再去改变初衷。因而，不管新的想法如何诱人，不轻易改变，只怕得不偿失。因为我不善于选择，就采用其他人的选择，保持上帝留给我的位子，不然就不知道如何不使自己动摇不定了。

这样叨天之幸，历经这个世纪那么多次宗派分裂，在思想上没有引起混乱，依然对我们宗教的传统教义保持完整的信念。古人的著作——我指的是优秀著作——周密谨严，言之有物，叫我读了入迷，也总能按作者的意图去理解；读起来篇篇精彩；我觉得他们尽管意见相左，却个个都很有道理。为了糊弄我这样一个老实人，有些大才子可把事情随随便便渲染得似真非真，没有什么古怪的东西不可以说得更加有声有色，这也说明他们的论点软弱无力。

三千年来天空高悬，星光闪烁，每个人都深信不疑，直到萨摩斯的克里昂特斯或——根据泰奥弗拉斯图斯的说法——叙古拉的尼斯塔斯，想到要说这是地球绕着自己的轴转动，穿过黄道带的斜圈；在我们这个时代，哥白尼为这个学说奠定了坚实的基础，他有条有理用来解释天文学的全部结论。除了不用操心这两种意见有一种是不可信的以外，我们从中可以得到什么样的教训？谁知道一千年以后会不会有第三种意见又来推翻这前两种意见呢？

> 星移斗转改变了事物的价值；
> 以前珍贵的东西不再受人重视；
> 另一件东西接替它，不再受人轻视，
> 反而一天比一天受人欢迎；
> 交口称誉，举世瞩目。
>
> ——卢克莱修

这样，当一种新学说出现在我们面前时，我们有理由对它表示怀疑，想到在它形成以前，另一种相反的学说也曾风行一时；它既然会被推翻，将来也可能有第三种学说同样来取而代之。在亚里士多德推行的原则受到尊重以前，其他原则也曾使人的理智得到满足，就像此刻使我们满足的这些原则。亚里士多德的原则凭什么诏书，有什么特权，使我们的思想探索到了这里永远停滞不前，在今后漫长岁月中永远抱着这样的信仰？旧原则被逐出的命运，新原则也不能幸免。有人用一个新的论据来逼我时，我就这样想，我不能给予满意回答的东西，另一个人会给予满意的回答；对一切貌似有理的东西，因为我们无法解答而匆匆相信，这过于天真单纯。从而可以这样认为，凡夫俗子——我们大家都是凡夫俗子——的信仰像风标一样随风而转。因为他们的心灵软弱无力，被迫接受一个又一个的印象，后来的总是抹去从前的。自认无力的人应该按照实际的做法找大家商议，或者请教贤人，听取他们的高见。

医学在世上存在已有多久了？有人说一个医坛新人叫帕拉塞尔修斯，把古代医道的规则全盘推翻，声称直到目前为止，传统医学只是用来杀人而已。我相信他可以轻易证实这一条，但是，为了证实他的新经验而让我去冒生命危险，那就决非聪明之举了。

有一句箴言说，决不要相信任何人，因为任何人都可以信口雌黄。

一位从事科学探索和改革的人不久前对我说，古人对风的本质和运动的认识莫不大错特错；如果我愿意听下去，他显然会让我摸索到真理的。在听了他一阵子头头是道的论证后，我对他说："照您这么说，从前按照泰奥弗拉斯图斯理论航行的人，往东的时候其实是在往西？他们不是侧行就是后退？"他回答："没准是这样，他们肯定是弄错了。"我反驳他说，我宁可根据效果，也不愿根据理智。

事物经常是相互冲突的。有人对我说，在几何学（这被认为是科学中达到最大可靠性的科学）有一些不容置疑的论证，违背了被经验证实的真理。雅克·佩莱蒂耶在我的家里告诉我说，他找到两条相互靠近以求相交的线，然而他也可证实它们永远不会相交一点。皮浪派运用他们的论证和理智，只是去破坏经验的现象；我们的理智确实有美妙的伸缩性，追随他们去有意否定明显的事实；他们可以论证我们是不会移动的，是不会说话的，不存在什么重量和热量；这些论证坚实有力，不亚于我们在论证更实在的事物。

托勒密是一位大人物，他划定了我们的世界的界限；古代哲学家都想进行测量，除了少数遥远的小岛可以越出我们的了解。一千年前，《宇宙志》的科学论点人人都没有异议；谁要是对它表示怀疑，会被认为是无事生非，谁承认对蹠点的存在，那是离经叛道；而在我们这个世纪，一大片无边无际的土地，不是一座岛屿或一块单独的国土，而是跟我们已有那么大的一片大陆，不久前才得到发现。这个时代的地理学家又开始向我们保证，这下子一切都已发现了，一切都在眼前了：

> 手里的东西最好，其他都微不足道！
>
> ——卢克莱修

我该明白的是，从前托勒密推理的基础是不是错了，今天我又去相信这些人的说法是不是很蠢，我们称为宇宙的这个大物体是不是很可能跟我们的看法大相径庭。

柏拉图认为方向不同宇宙的面貌也不同；天空、星星和太阳有时会顺着我们看到的方向逆反，改为从西向东流转。埃及祭司对希罗多德说，自从第一位国王以来，约一万一千年以前（他们还给他看历代全体国王生前按本人塑造的雕像），太阳四次改变路线；海洋与大陆更替变换，宇宙的起源是不确定的。亚里士多德和西塞罗同意这种说法。我们同辈中也有一人说，宇宙是自古就存在的，历经沧桑巨变，死亡和重生过好几回，并以所罗门和以赛亚为证；这是为了避免这样的反对意见，说什么上帝有时是没有创造物的创造主，他是懒惰的，为了不致穷极无聊才动手创造天地，因而上帝也是可以改变的。

最著名的希腊学派认为宇宙是由一位大上帝创造的小上帝，有一个肉体和一个居住在中央的灵魂，通过音符数字传遍到周围，神圣，非常幸运，非常伟大，非常明智，永垂千古。在这里面还有其他的上帝——大地、海洋、星辰，跳跃流转，神圣和谐永久，有时汇合，有时分散，有时出现，有时隐没，忽而又是以前为后，以后为前，互换位置。

赫拉克利特认为宇宙是火生成的，有其命运的排列，在某日火烧成灰，在某日又会再生。阿普莱乌斯说，人"作为个人，是会死的，作为物种，是不灭的"。亚历山大写信向母亲转述一位埃及祭司从他们的纪念碑中读到的故事，说明这个国家的历史古老得寻不到源头，包括其他一些国家的真实的起源和发展。西塞罗和狄奥多洛斯那时就说，迦勒底人记载了四十万年的历史；亚里士多德、普林尼和其他人说，查拉图士特拉生活在柏拉图以前六千年时代。柏拉图说塞依斯城的居民有八千年的文字记录，而雅典城在塞依斯建城前一千年已经建立；伊壁鸠鲁说我们眼前看到的东西在其他许多世界里都存在，面貌相差不多，建筑也相似。他若看到这个西印度新大陆和我们这个旧大陆，相比之下过去和现在有那么多奇怪的相似相同之处，更有把握这样说了。

说实在的，想到我们所认识的世界社会发展过程，看到各地有许多骇人听闻的民间看法和野蛮的习俗信仰，相隔那么远的距离和那么多的年代，竟会不约而同，我不由大为惊讶，这一切无论从哪点来说，不像是符合我们天然的理性。人的思维真是伟大的奇迹创造者，但是这其间的关系我觉得蹊跷之至。这种蹊跷的关系也存在于名字、偶然事件和其他千万种事物上。

在新大陆的国家，据我们知道从来不曾听说过有我们存在，那里也盛行割礼。那里的政权机构不是由男人，而是由女人掌握的，那里也有我们这样的守斋和封斋，还加上不接近女色。那里有各种各样类似我们的十字架，有的地方把十字架放在墓地上，有的地方把十字架（主要是圣安德烈十字架）用于夜间打鬼，他们还把十字架放在儿童床褥上驱邪避魔。在另一个深入内陆地带的地方见到一座木头十字架，非常高大，作为雨神崇拜。还见到一张关于我们的苦修士的清晰的图片，戴主教冠，修士保持独身，用牺牲的动物内脏卜卦算命，不食荤腥，修士在主持祭仪时不用民众语言而用一种特殊语言。

还有这样的神话，第一个神是被第二个神的弟弟赶走的。他们当初被创造时也有各种特权，后来由于有罪而被剥夺了，他们的土地也变换了，自然环境也恶化了；从前他们也被天上的洪水淹没过，只逃出了少数几个人家，躲进了山谷地带的深洞，他们堵塞了洞口，不让水往里灌，那里也关进了好几种动物；当他们觉得雨已经停止，放了几条狗出来，这几条狗回来时全身干净潮湿，他们认为水还没有退尽；后来又放狗出去，看到它们浑身泥浆回来，他们就出洞住上了大地，发现到处都是蛇。

西班牙人为了掠夺墓葬里的珍宝，掏出墓里的尸骨扔得满地都是，印第安人见了义愤填膺，说这些分散的尸骨再也凑合不到一块，他们深信这会有报应的日子；他们除了物物交换以外没有其他交易方式，有专门的集市和市场；在贵族的宴席上也有侏儒和怪人做伴；根据鸟的种类训练猎鹰；横征暴敛；花园精致；街头艺人的跳舞和跳跃；乐器；族徽；网球比赛，掷骰子，抽签，他们那么热衷于此道，经常赌得失去了自由；巫医术；摹物象形的书写方法；相信领袖是全体老百姓之父；崇拜一个神，他从前是个守独身、守斋和进行苦修的人，传播自然的规律，执行宗教仪式，不经自然死亡而离开了人间；信仰巨人，爱好豪饮，喝本地酒狂欢，用尸骨和头颅制作宗教饰物，白色法衣，洒圣水；丈夫或主人故世，妻子和奴仆都争先恐后自焚殉葬；长子继承所有财产，兄弟只有服从的份儿；在升官晋爵方面也有一套习俗，谁升官便放弃原有的姓氏，另立一个姓氏；在新生婴儿的膝盖上洒面粉，同时对他说"你从灰尘来，以后回到灰尘去"，讲究占卜术。

在我们的宗教里，某些场合见到的这些空洞的图像，代表尊严和神圣。不但通过模仿渐渐传入所有原来不信这一套的国家，也仿佛出于一种共同的超自然的启示出现在这些野蛮人中间。因为那里的人也相信炼狱，但是形式不同。我们的炼狱中是火，他们的炼狱中是水，他们想象中那些灵魂受到严寒的洗涤和惩罚。

还有这件事使我想起另一个有趣的区别，有的民族他们行割礼，让龟头露在外面，而有的民族十分反对龟头外露，他们用小线把包皮拉长盖在上面，只怕它接触到空气。还有这个相反的区别，我们向国王和王后致敬时穿上自己最讲究的服饰，而有的地区为了向国王表示卑下和服从，臣民衣衫褴褛地去朝觐。他们把破衣服罩在好衣服上面走进朝廷，让国王一人穿得富丽堂皇，光彩夺目。

让我们再往下说。

如果大自然把人的信仰、判断和看法，如同其他生物一样，限定其一定的进展过程；如果信仰、判断和看法像白菜一样，也有其周期、生长条件、生和死；如果天可以任意影响和改变它们，那么我们认为它们有什么了不起和永久的权威性呢？

我们通过切身体验感到，人的形体取决于出生地的空气、气候和水土，不但肤色、身材、气质和行为如此，心灵素质也是如此。维吉图斯说："气候不但养成人的体力，也养成人的思维能力。"雅典城的女神选择气候温和的地方建城，因为这会使人聪明谨慎，像埃及教士对梭伦说："雅典的空气清净，大家相信雅典人文质彬彬就是这个原因，底比斯空气恶浊，所以底比斯人粗鲁，精力充沛。"

那样的话，人也如同花草和动物生来不一样，人也是天生不同程度的好斗、讲道理、稳重和乖顺。这里的人爱好饮酒，那里的人贼性难改和吝啬；这里的人迷信，那里的人不敬鬼神；这里的人崇尚自由，那里的人唯唯诺诺；有的善于钻研学问，有的擅长艺术；有粗俗或精巧的，有服从或背叛的，有好或坏的，按照他们所处环境的倾向，若换了一个地方，像树木一样，也会有新的适应；也是这个原因使居鲁士国王不允许波斯人放弃他们固有的贫瘠的山地，迁往气候温和的平原，他说肥沃潮湿的土地使人意志薄弱，富饶的土地使人精神贫乏；如果我们看到受天气的影响一会儿有这一种做法和看法，一会儿又有另一种做法和看法；看到什么样的时代产生什么样的性格，养成人有什么样的习惯；让人的精神有时开朗有时畏怯，像我们的田野有丰收有歉收，我们现在享有的这些美好的特权又会成了什么呢？因为一个聪明人会犯错误，一百个人、好几个国家都会犯错误，依我们的看法，好几个世纪来人的本性，不是在这件事便是在那件事上犯错误，我们有什么保证说它会停止犯错误，在这个时代它没有犯错误呢？

在这些可以证明我们弱点的事件中，我觉得还有这件事不应该忘记：人就是有欲望也不知道如何找到他需要的东西；因为在想象和愿望中，而不是在享用中，我们到底需要什么才会得到满足，自己也没法取得一致的意见。即使让我们的思想随心所欲地编织美好的心愿，也想不出什么是该有的，什么是称心如意的：

> 什么时候恐惧和欲望来自理性？
> 你能想出什么计划，只会成功，
> 而不会有何必当初的遗憾？
>
> ——朱维纳利斯

这说明为什么苏格拉底只向神要求神认为对他有用的东西。斯巴达人在公开和私下的祈祷中，只要求得到美好的东西，至于什么是美好的东西则由神进行选择：

> 我们盼望成家和生儿育女，
> 要什么样的妻子和孩子，只有神才知道。
>
> ——朱维纳利斯

基督徒祈求上帝"让神的意旨得到实现"，避免陷入诗人们编造的弥达斯国王的窘境。弥达斯国王要求神赐给他点物成金的法术。他的愿望得到了实现，他的酒成了金子，他的面包成了金子，他床上的羽毛、他的衬衣和外衣都成了金子，因而他的欲望得到了满足，他的生活压得他无法忍受。他不得不向神撤回他的祈祷。

> 　　这种又富又贫的怪病，使他吃惊，
>
> 　　他祈望逃离这笔财富，憎恨祈祷的东西。
>
> ——奥维德

　　我可以谈谈自己的情况。我年轻时，祈求命运除了其他东西以外还赐我一枚圣米歇尔勋章。当时这是法国贵族的最高荣誉标志，非常稀少。命运宽厚地把勋章赐给了我。命运没有要求我奋发有为去得到它，而是降心以从地对待我，把勋章压在我的肩膀上，使我抬不起头来。

　　克勒奥庇斯和比托祈求他们的女神，特罗弗尼乌斯和阿加梅达祈求他们的神，赐恩表彰他们的虔诚，结果得到了死亡作为礼物。我们需要什么，神的看法与我们的看法大相径庭。

　　上帝可以赐我们财富、荣誉、长寿和健康，有时却害了我们。因为我们喜欢的东西，并不一定对我们有益。如果上帝没有使我们病愈，而使我们死亡和病痛加剧，"你的杖、你的竿都安慰我。"（《圣经·诗篇》）上帝这样做自有上帝的理由，什么是我们应有的东西，他的眼光要比我们敏锐得多；我们应从好的方面去看待，像接受来自一只明智友善的手。

> 你要听忠告吗？
> 那就祈求神考虑什么适合我们，
> 什么有利于我们，
> 神对人比人对自己还要亲。
>
> ——朱维纳利斯

因为，向神祈求荣誉和地位，这也是祈求神把你送入战争，参加掷骰子或诸如此类的事情，其结局是不清楚的，果实也是令人怀疑的。

哲学家之间最激烈和互不相让的交锋，是在争论什么才是人的至福；据瓦罗的统计，这个问题上有二百八十八个学派。

"对人的至福不能取得一致意见，也就是对整个哲学不能取得一致意见。"（西塞罗）

> 就像看到三名口味不同的食客，
> 要求三份味道不同的菜。

应该给他们点什么不点什么？

人家点的你不要，你点的其他两人觉得太酸。

——贺拉斯

对哲学家的不同看法和争论，大自然也应该这样回答。

有人说我们的利益应该寓于品德，有人说我们的利益寓于享乐，又有人说归于自然；有人说是学问，有人说是没有痛苦；有人说不要受表面的迷惑（这种说法仿佛跟老毕达哥拉斯的那种说法很接近，这也是皮浪派的目的）。

纽玛希厄斯，遇事不惊，

这几乎是唯一能够保持幸福的方法。

——贺拉斯

亚里士多德认为遇事不惊是灵魂高尚的表现。阿凯西劳斯认为判断有根有据，态度不屈不挠是好事，但是同意和实行则是罪恶和坏事。当他把这句话作为坚定不移的信条时，他背离了皮浪主义。皮浪派说至福在于不动心，不动心是判断的完全终止；他们不是作为积极的方式提到的，而是心灵平稳的摆动，使他们避过深渊，保持安详泰然，有了这样的心态，也就不会受其他的侵袭。

朱斯图斯·利普修斯是当今硕果仅存的大学问家，彬彬有礼，聪颖机智，与我的图纳布斯皆为一时俊杰。我多么希望在有生之年看到像尤斯图斯·利普修斯这样一个人，有意愿，有精力，还有足够的时间，精心诚恳，务求全面，搜集古代哲学家对人及其习俗所发表的看法，分门别类编成一部书；书的内容包括他们的分歧，他们的地位，他们分属哪个学派，创始人和追随者在生活中如何贯彻他们的学说，有些什么值得一提的模范事例。这会是一部多么有益的巨著！

目前，我们若从自身去归纳我们的伦理规则，会使自己陷入多大的混乱！因为我们的理智劝我们去做最实在的事，一般来说是要各人服从各国的法律，这是苏格拉底的看法，据他说这条看法是得到神的启示的。除非在说我们的责任没有一定的规则以外，他这句话还有什么别的意思吗？真理的面貌应该是普天下一致的。如果人认识到正直与正义是真正有形有实质的，他就不会把它们跟这个国家或那个国家的习惯条件拴在一起；美德的形成不取决于波斯人或印度人的遐想。

没有东西像法律那样多变。自从出世以来，我就看到我们的邻居英国人把法律改动了三四次，不但在政治问题（这方面大家希望不是一成不变的），还在更重要的问题，也就是宗教问题。我对这点感到羞耻和难过，尤因我们这里的人跟这个国家从前有过许多私人交往，在我的房里还存放着这些旧情谊的遗物。

即使在我们这里，我就看到从前犯下死罪的事情成为合法的行为；我们这些有其他准则的人，在战火纷飞、变幻莫测的命运中，随时可能成为不是亵渎神明便是弑君犯上的罪犯，因为，我们的司法成了无法无天的空文，存在才不到几年便面目全非。

阿波罗这位古老的神，怎么才能更明白地指责人的智慧就是缺乏对神的认识，对人说宗教只不过是用于促进社会团结的一种发明，向祭台前聆听训诫的信徒宣称，各人真正的祭礼是他的居住地所奉行的祭礼呢？

哦，上帝！我们多么感谢至高无上的创造主的善意，他让我们的信仰摆脱这些漫无目的、强制性的热诚，而建立在《圣经》的永久的基础上！

那么，哲学在这个时刻对我们是怎么说的呢？我们应该遵循本国的法律吗？这一大堆众说纷纭的看法？这只是出自一个民族或一位亲王的意见，他们的情欲变化万千，法律也随之朝令夕改，叫人不得要领。我的判断力可没有这么灵活。这究竟是什么样的一件好事，我昨天看到受人尊重，明天不当一回事，过了一条河又成了犯罪行为？

什么样的真理可以受到这些山岭的阻挡，越界以后又变成了谎言呢？

为了赋予法律某种可靠性，哲学家说存在固定、永久和不可更改的法律，他们称为自然法律，这是人的本质条件确定的，深深铭刻在人心中，他们说这话是很好笑的。这样的法律有的说三项，有的说四项，有的说多，有的说少，这就表明这件事跟其他的事一样令人可疑。他们真够不幸的（我除了说不幸以外还能说什么呢，在那些数不清的法律中他们竟找不出一项法律交上好运和得到机缘，在世界各国得到普遍的承认），我还说，他们也真够可怜的，就是这些中选的三项法律没有一项不受到——还不止一个、而是好几个国家的——驳斥和否认，因而，要说到有什么自然法律，唯一令人信服的凭证是要得到普遍的同意。因为既是大自然真正对我们的要求，我们无疑会一致同意照着做，任何人企图违反法律行事，不但是国家，就是个人也会对这种压力和粗暴对待感到不满。哪一项法律具备这样的特征，让他们给我举个例吧。

普罗塔哥拉和阿里斯顿认为法律的公正根本在于立法者的权威和看法；不具备这一条，什么善良与诚实都失去意义，成为无关紧要的事物的空名。

柏拉图的书中说，斯拉西马库斯认为，除了长官意志以外没有其他权力。

世界上没有什么像习俗与法律那样叫人莫衷一是。这件事在这里令人发指，在其他地方备受称赞，如在斯巴达对待微妙的偷窃问题。近亲结婚在我国绝对禁止，而在其他地方是一桩好事。

> 传说有的国家
>
> 母亲跟儿子同床，父亲跟女儿共寝，
>
> 亲情加上爱情，是亲上加亲。
>
> ——奥维德

杀子弑父，拈花惹草，偷盗销赃，形形色色的寻欢作乐，没有一件事是绝对的大逆不道，以致哪个国家的习俗都不能接受。

存在自然法律，这是可以相信的，因为在其他创造物中就有。但是在我们中间已经绝迹，因为这个高超的人类理智到处干预，企图主宰和操纵一切，它的自负和反复无常也模糊和混淆了事物的面目。"没有东西是真正属于我们的；我称为我们的东西，只是一件人工的产物。"（西塞罗）

任何东西都处于不同的光线下，可以从不同的角度观看；因而产生不同的看法，这也是主要原因。一个国家看到事物的一面，以此为据，另一个国家看到事物的另一面，也以此为据。

吞食自己的父亲，还有什么比想起这个更叫人毛骨悚然的？然而古代民族就有这样的习俗，还把这个习俗作为孝心和情谊的证据，试图说明在他们的后代身上举行最隆重、最光荣的墓葬，把父辈的遗骸如同圣物存放在自己的体内和骨髓内，通过消化和滋养，让他们的生命延续，在有血有肉的人身上得到重生。把父母的尸体抛入荒郊，让野兽和蛆虫吞噬，对于坚信上述信仰的民族，那又是多么残酷可怕的事，这也是不难想象的。

利库尔戈斯对小偷有自己的看法，他认为偷窃邻居的财物需要敏捷、灵活、大胆和技巧，还有益于公众，促使每人好好照管自己的东西；偷盗与提防这两大要素，可以丰富军事训练的内容（他治理国家，也要求具备这样的素质和美德）。这点远远比占有他人财物造成的混乱和不公正更为重要。

叙古拉暴君大狄奥尼修斯赐给柏拉图一袭波斯长袍，镶金嵌银，熏过香料；柏拉图不接受，说他生为男人，不乐意穿女人袍子；但是亚里斯提卜接受了，还说这么一句话："任何奇装异服都沾染不了一颗纯洁勇敢的心。"他的朋友斥责他是胆小鬼，狄奥尼修斯在他的脸上吐唾沫也不在乎。他说："渔夫为了捕捉鱼，被海浪打得全身湿透也得忍受。"第欧根尼在洗白菜，看到他走过："如果你学会吃白菜过日子，也就不必阿谀奉承一位暴君了。"亚里斯提卜反驳说："如果你学会跟人打交道，也就不必吃白菜过日子了。"这说明理智对事物也有不同的看法。这是双耳罐，可以抓住左耳，也可以抓住右耳把它提起来。

> 哦，我寄寓的大地，你预言战火纷飞，
> 奔马配上鞍辔，产生战争的威胁。
> 给它们套上同样的轭具，
> 拉着一辆小车过去，

就看出了和平的希望。

——维吉尔

有人责怪梭伦死了儿子，只是有气无力地洒上几滴无用的眼泪，他说："正因为眼泪无用我才有气无力地洒上几滴。"而苏格拉底的妻子抢天呼地强烈表示痛苦："哦，这些混蛋法官要叫他死得好冤啊！"

苏格拉底回答："你难道乐意他们叫我死得不冤吗？"

我们在耳朵上穿孔戴耳环，希腊人认为这是奴隶的标记。我们躲开人跟妻子睡觉，印度人公开跟妻子睡觉。斯基泰人在寺庙里诛杀外国人，在其他国家寺庙是避难之地。

人人痛恨邻居崇拜的神，

只承认自己供奉的神才是真正的神；

群情汹涌也是这样引起的。

——朱维纳利斯

我听说有一位法官，不论遇到巴尔托卢斯和巴尔杜斯之间针锋相对的冲突，还是各方争执不已的案件，他在文书的白边写上"友情问题"，即是说真理是那么模糊不清，遇上这种情况他只能选择哪一方对他有利。他若不缺少才情和聪明可在处处写上"友情问题"。

我们这个时代的律师和法官在任何哪桩案件中，总是可以找到足够的偏差按照自己的意思来处理。这里面的学问是学不完的，裁判既取决于那么多看法，又充满任意性，没法不使判决产生极端的混乱。因而没有一桩诉讼清如水、明如镜，不引起相反的意见。一个法庭判决后，另一个法官作出相反的判决，第三次再作出相反的判决。从一般的诉讼中都可看到这种无视法律的做法，使我们徒有其表的司法权威和光辉出乖露丑；判决以后不肯罢休，而是奔走于一个又一个的法官门下，要对同一件案子再作判决。

至于哲学家针对罪恶与美德的自由论坛，这件事不必多加评论，有许多看法对于思想枯索的人，缄口不谈比公之于众的好。阿凯西劳斯说在性爱方面，癖好与时机都是无所谓的。"伊壁鸠鲁认为，在生理需要的时候，促进性爱快乐的不是种族、国家和地位，而是美貌、年龄和身材。"（西塞罗）

"他认为不能禁止圣贤去得到神圣许可的性爱。"（西塞罗）让我们研究一下，什么年纪以前跟年轻人做爱是适宜的。（塞涅卡）这后两条都是斯多葛派的看法，还有狄凯阿科斯对柏拉图的责备，都说明即使是最神圣的哲学家，也容忍越出常规的特殊性要求。

法律的权威在于掌握和运用，把它们拉回到制订时的原意那是危险的。法律像我们的河流，愈流愈宽阔愈雄伟；溯流而上，寻到源头只是一条几乎辨认不出的小溪，只是随着时光转移，河流磅礴壮大。这条河流充满尊严，令人肃然起敬，然而让我们看一看当初这些汇集成大河的小溪，是那么狭窄，因而，那些对什么都要权衡轻重、诉诸理智的人，决不从权威和信誉去考虑问题的人，他们作出的判断往往远离群众的判断是不奇怪的。有的人以自然的最初面目作为依据，他们大多数的看法跟大家不走在一条道上，也是不奇怪的。举例来说，他们中间很少人赞同我们约束性的婚姻关系；他们大多数人主张共妻，不承担义务。他们反对我们的仪式。克里西波斯说一名哲学家为了得到十二枚橄榄，会当众翻上十二个筋斗，甚至不穿裤子也可以。他还劝克利斯特纳斯，不要把女儿阿加里斯塔许配给希波克勒德斯，因为看到他在一张桌子上叉开双腿拿大顶。

梅特罗克勒斯在他的学派面前一次争论中，不小心放了一个屁，他羞愧无地，把自己关在家里，直到克拉特斯来拜访他。为了安慰他，克拉特斯向他表示自己也是个不拘形迹的人，跟他比赛看谁屁放得多，这样消除了他的这桩心病；然后还劝他脱离他一直追随的讲究礼节的逍遥派，加入到自由自在的斯多葛派。

宜于私下做的事不要暴露在人前做，这在我们称之为礼貌，而他们称之为愚蠢。大自然、习俗和欲望使我们形之于外的行为，装腔作势地加以掩饰和否认，这在他们看来是罪恶。他们还觉得，把维纳斯的种种神秘搬出教堂的密室，让它们暴露在光天化日之下，这是一种亵渎；撕掉维纳斯的遮布，这是一种贬低（难为情是一种粘合剂；隐讳、含蓄、禁忌是引人注目的一部分）；他们还认为这是一大聪明之举，淫乐既然不能保持传统的闺房的尊严和方便，也要戴上美德的面目，不应该在十字路口卖身，受到众人的践踏和鄙视。因而有人说，关闭妓院，这不但让局限于这个地方的淫乐溢流到街头，还因为不易得到后更刺激男人去追求这个罪恶。

> 科尔维努斯，你本是奥菲迪亚的丈夫，
> 她改嫁给你的情敌后，你又做了她的情人！
> 做妻子时她叫你讨厌，做了他人之妻怎么又叫你欢喜？
> 难道爱情有保障时，阳具就不能挺举。
>
> ——马提雅尔

这种经验自有千百种例子：

> 塞西里亚努斯，你放任妻子自由自在，
> 罗马城内无人对她流口水，
> 现在你严密看管她，她的追求者排成长队。
> 你真是个聪明的丈夫啊！
>
> ——马提雅尔

一位哲学家正在交欢时被人撞见，问他在干什么。他冷冷地回答："我在种植人。"脸不红心不跳，就像被人看到在种大蒜。

我们有一位伟大的宗教作家，我认为他的意见过于温和和呆板，他说这种行为必须偷偷摸摸躲着干，但是他也没法说服自己；为了表现犬儒学派的百无禁忌，尽情拥抱狎昵，还要模仿几下色情动作才使心情得到满足；他想他们还是需要找个隐蔽的场所，来发泄怕羞心理压抑下去的东西。这是他对犬儒学派的荒淫没有足够的认识。第欧根尼当众进行手淫，还对旁观者声明他抚摩那个玩意儿可使小腹陶醉。有人问他为什么在大街上而不找个适宜的地方"饱餐"一顿，他回答说："那是我在大街上就饿了。"参加他们的学派的女哲学家，也是全身心地参加一切活动，毫无区别。希帕恰同意在一切活动中遵守规章制度后，才被克拉特斯学派接受的。

这些哲学家极端重视美德，拒绝除了伦理道德以外的一切学说，在一切行动中，把他们的圣贤的决定看成是至高无上的权威；生活放浪形骸，除了自我约束和尊重他人自由以外不加节制。

病人尝酒是苦的，健康人尝酒是甜的；船桨在水里是曲的，出水是直的；事物都同样存在相反的现象。赫拉克利特和普罗塔哥拉因而争辩说，一切事物本身都存在这种现象的原因，酒里就有病人尝到的苦味，船桨必然包含在水里看到的曲度。其他无不如此。这即是说一切存在于一切中，无也存在于无中，因为有一切的地方不会有无。

这种看法使我想起大家都有的这个经验：你若对一篇文章条分缕析，人的思想不会不在里面发现曲、直、苦、甜的意义和形貌。即使文字最简洁完美，也会产生多少虚伪和谎言？哪个异教思想不可以在里面找到足够的基础和证据借以立足和存在？由于这个原因，犯有这类错误的作者从来不会舍弃这种依据：以文章的解说为证。

一位贵人一心要找到点金石，为了向我证实这项探索的权威性，最近给我摘录了《圣经》中的五六节文章，他说他主要根据这些文字才内心坦然（因为他是神职人员）；确实，这项发明不但令人神往，也可说明这里面的学问是有根有据的。

许多无稽之谈就是通过这条道路深入人心的。星相家若有权力要大家翻阅他的文章，对他的每句话探赜索隐，没有一篇不可以让人按照他的意思来理解，如女巫的神谕一样。这些文章可以有那么多不同的注释，一位聪明人在里面转弯抹角，总是可以针对自己的问题找到模棱两可的看法。

这说明自古以来隐晦暧昧的文章何以长盛不衰的道理！作者的用意无非是吸引后代人的关注（文章本身价值，或许更由于文章投合时人的兴趣，可以达到这个目的）；目前来说，出于愚蠢或出于精明，他显得闪烁其辞，自相矛盾，这都无损于他！数不清的聪明人自会把他的文章披沙拣金，进行正面的、侧面的、反面的评价，一切都只会提高他的身份。他的门生的献礼使他富有，就像束脩节上的教师。

这样使许多毫无价值的东西有了价值，让许多著作有了地位，还随心所欲地添上各种各样的含义；同一部书得到千百种应有尽有的不同图像和论述。荷马不可能说出一切人家要他说的话，也不会是那么一个千面人；神学家、法学家、将领、哲学家、形形色色的文人学士，不论他们的专长是多么不同和对立，都引用他的话，参考他的话：他是一切职务、行当、手艺的祖师爷，一切工程的总指挥。

谁需要神谕和预言，都可在他的书里找得到根据！我的一位学者朋友，他在荷马的著作中找寻有利于我们的宗教的论据，真是信手拈来不费工夫，还没法不相信这一切早在荷马的预料之中（他对这位作家则像同一世纪的人那么熟悉）。他找到的有利于我们的宗教的论据，从前已有许多人找来为他们的宗教辩护。

再看一看对柏拉图是怎样引经据典的。大家都以引用他的话为荣，但是都以自己的心意来摆布他。世界上出现什么新思想，总是把他捧出来往里面塞。根据事物的不同发展给他不同的对待。要他按照我们的意见，去否定在他的时代是正当的习俗，只因为这些习俗到了我们的时代变成不正当的了。代言人的个性愈强烈，他的僭越方式也愈专横。

赫拉克利特的论点是任何事物内都是要什么有什么。德谟克利特也把这作为自己的论点，却得出一个完全相反的结论，说任何事物内都是要什么没什么。蜂蜜对有的人是甜的，对有的人是苦的。他对此争辩说蜂蜜既不是甜的，也不是苦的。皮浪派说他们不知道蜂蜜是甜还是苦，可能既不甜也不苦，可能又是甜又是苦。因为这些人总是怀疑派领袖。

昔兰尼加派认为事物从外部是看不到的，只有接触到它的核心才可以看到，如痛苦和欢乐；他们也不承认声音和色彩，我们只是感受到来自它们的某些影响，人只有以此作出判断。

普罗塔哥拉主张，谁觉得是真的东西，对谁就是真的。伊壁鸠鲁派把一切判断——事物存在和欢乐——都归结于感觉。柏拉图认为真理的判断，甚至真理本身，都独立于看法和感觉，而属于精神和思想。

这些话又使我想起了感觉，我们无知的主要基础和证明都包含在感觉中。一切的认识无疑都要通过认识的官能。因为，既然一切判断都来自判断的人的操作，有理由认为他通过他的手段和意志，而不是在他人的强迫下进行这方面的操作，就像我们受到事物本质的力量和依照它的规律而得到认识一样。因而一切认识都是通过我们内心的感觉而完成的：感觉是我们的主人。

信念通过这条路，

直接进入人的心田和精神殿堂。

——卢克莱修

学问肇始于感觉，归结于感觉。我们若不知道有声音、气味、光线、味道、尺寸、重量、柔软、坚硬、粗细、颜色、光洁度、宽度、深度，我们还不是跟石头无异。这些才是我们学问建立的基石和原则。不错，有的人说学问不外乎是感知。谁要是逼迫我否认各种感觉的存在，他可以掐住我的咽喉，但是不会使我后退。感觉是人的认识的开始与结束：

你看到从感觉产生真实的观念，

感觉是不能否定的！

除了感觉以外，

还有什么更值得相信呢？

——卢克莱修

对感觉的作用可以尽量缩小，但是这点是不可回避的：我们的一切知识都是通过感觉的道路和媒介而输入的。西塞罗说，克里西波斯试图贬低感觉的力量和功用以后，感到自己提出的论点自相矛盾，遇到的驳斥那么激烈，竟无法对付。卡涅阿德斯持相反的观点，自夸用克里西波斯的武器和论点打垮了克里西波斯，冲着他大声喊叫:"可怜虫啊,你被自己的力量压倒了吧!"据我们看来,最荒谬的莫过于认为火是不热的,光线是不亮的,铁没有重量,也没有硬度。这些都是感觉带给我们的,人的信仰或知识不能像感觉那样使我们确信无疑。

在感觉问题上,我的第一条看法是我怀疑人天生具备所有的天然感觉。我看到许多动物,有的没有视觉,有的没有听觉,依然不缺什么地过完一生,谁知道我们身上是不是也少了一种、两种、三种甚至更多的其他感觉?因为,纵使少了一种,我们靠推理也不会发现的。各种感觉的特权达到我们认知的极限为止。超越了感觉,我们再也不会发现什么,也就是一种感觉不能去发现另一种感觉。

眼睛能够纠正耳朵吗?

或者听觉纠正触觉;味觉纠正嗅觉?

还有视觉会说触觉是错的吗?

——卢克莱修

它们是我们功能的最后一道战线:

每种感觉都有一定的威力、

独特的功能。

——卢克莱修

要一个天生的盲人理解他看不到的东西，要他盼望恢复视觉和抱怨先天缺陷，这是不可能的。

因而我们不应该保证，我们的心灵对我们已有的一切是满足的，因为即使有什么残缺，心灵也不会感觉到的。对一个盲人，无法用推理、论证和比喻向他说明事情，引导他去想象光线、颜色和景物，感觉之外是没有东西可以证实感觉的。我们遇到天生盲人希望能够看，千万不要理解他们要求的是这件事。他们从我们这里听说，我们身上有的东西他们没有的，他们也希望有，他们可以说出这个东西的效应和结果；但到底是什么，还是不知道究竟的。

我见过一位名门贵族，生来失明，或者幼年时失明，反正不知道什么是视觉；他不理解自己缺少了什么，谈话中跟我们一样，使用有关"看"的词句，但是有其独特的方式。有人把他的教子领到他面前，他把他抱在怀里，说："我的上帝！多么美丽的孩子！见到真高兴！他多开心啊！"他还像我们这样说："这个客厅很漂亮；光线好，阳光充足。"还不止这点，因为他听到我们从事户外活动：打猎、网球、打靶，他也提起了热情，相信跟我们一样投身其中；他来回不停，玩得很开心，当然这一切都是通过耳朵来感觉的。当大家在平地上，他可以策马前进时，有人对他喊那里有一只兔子，然后又对他说兔子逮住了。他听到他们为捕获到猎物很骄傲，他也很骄傲。打球时，他左手拿着网球，一拍子打出去；射箭时，他取起弓任意一拉，由别人告诉他射高了还是射偏了。

如果人类因少了一个什么感觉而在做一桩蠢事，如果这个缺陷使我们看不到事物的许多面目，这有谁知道呢？如果我们在自然界做许多事情遇到的困难是由此而来的，这又有谁知道呢？我们的能力在许多方面及不上动物，是不是我们少了什么天赋感觉呢？有的动物是不是因有了这种天赋，生命比我们更充实、更完整呢？

我们差不多要运用全部的感觉去认识苹果，认出它颜色发红，表面光洁，有香气和甜味。除此以外，苹果可能还有其他特点，如干燥或收缩，我们就没有用感觉去感觉这些。我们说许多东西有神秘特性，如磁石吸铁，自然界难道没有天赋功能去检测和辨别这些特性？缺乏这样的天赋功能不是使我们无从探知某些东西的本质？这也可能是某种特殊感觉，使公鸡知道半夜与天亮的时间，喔喔啼叫；使母鸡有切身经验以前就害怕老鹰，而不怕这些更大的动物，如鹅和孔雀。告诉小鸡说猫生来对它们有恶意，狗则不用它们去担心；听到甜丝丝的喵呜声要提防，粗声粗气的狗吠则大可不必；不用先尝味道就可指引胡蜂、蚂蚁和老鼠找到最好的奶酪和梨；麋鹿、大象和蛇自会找到治疗自身病痛的草药。

没有一种感觉不是占主配地位，不给我们提供无穷无尽的知识；如果我们辨不清响声、和谐声、人声，这会使我们对其他的认识陷入不可想象的混乱。因为除了每种感觉的固有效应引起的一切以外，我们在一种感觉与另一种感觉的比较中，对其他事物又可得出多少论证、结果和结论！让一个聪明人可以想象，如果人类当初生来就不具备视觉，这样一个缺陷会使人类多么无知和混乱，我们的心灵会多么黑暗和盲目；从中也可看到缺少这样一种、两种或三种感觉，对我们认识真理——若可以做到的话——是何等重要。我们调动五种感觉的力量才形成对一件事物的认识，也可能需要八种或十种感觉的协调和参与才能真正看到事物的本质。

有的学派抨击人可以认识的这种说法，主要是从我们感觉的不确定性和缺陷来抨击的。因为，既然我们一切的认识都是通过感觉而来的，如果感觉在传递信息中出了差错，如果感觉改变或歪曲从外界输入的事物，如果通过感觉注入心灵的光芒在中途暗淡了，我们就无所依据了。

从这个不可克服的困难产生了所有这些奇谈怪论：每件事的本身是我们要什么有什么；事实又是我们想要什么又没什么。伊壁鸠鲁派的看法是：太阳不比我们肉眼看到的大。

月亮不管怎么样，

它的体积不会比看到的大。

——卢克莱修

距离近物体就大，距离远物体就小，这两种表面都是对的：

> 我们不承认是眼睛看错了，
>
> 不能把内心的错误去责怪眼睛。

——卢克莱修

肯定感觉是不会错的；应该让感觉发挥作用，我们发现这里面有差别和矛盾，应该到其他地方找寻原因；即使编造谎言和遐想（他们竟出此下策），也不能责怪感觉。

蒂马哥拉斯发誓说，他眯紧眼睛或乜斜眼睛，从来没有见过烛光的重影，这种重影的现象不是目光不对，而是看法不对而来的。从伊壁鸠鲁派来说，一切荒谬中最荒谬的是否认感觉的威力和作用。

> 因此，在任何时候，看到的都是真的。
>
> 如果理智无法解释
>
> 为什么东西近看是方的，远看又是圆的，
>
> 宁可给这两个现象作出一个不同的解释，
>
> 也胜过不理会这些明显的事实，
>
> 动摇所有信仰中的第一条信仰，
>
> 破坏我们的生命和永福

赖以支持的基础。

如果不敢信任自己的感觉，

遇到悬崖和一切类似的危险不去避开，

不但理智全面崩溃，

生命也会随之结束。

——卢克莱修

这种绝望的、也不够明理达观的看法，无非是说明人的认识只有通过疯狂、激怒、不理智的理智才得以维持；人为了使自己有所作为，使用理智或其他不管多么异想天开的诀窍，也比承认自己无可奈何的愚蠢好——愚蠢毕竟是令人泄气的实情！人没法回避这个事实：感觉是认识的大统帅，但是在任何时刻都游移不定，易出差错。在这方面必须无情地斗争，如果我们缺乏正当的力量——这样的事并不少见——也必须顽强、大胆、不顾廉耻去进行。

伊壁鸠鲁派说，若感觉得到的表面现象是错的，我们不会有所认识；斯多葛派说，感觉得到的表面现象错得不会使我们得到任何认识；如果这两个学派说的话都是对的，不管独断主义的两大家怎么说，我们会得出认识是不可能的结论。

至于感觉过程中的失误和不确定性，这类例子人人都可以要多少举多少，因为感觉给我们造成的过错和迷惑比比皆是。山谷中，从远处传来的号角声仿佛就在眼前：

> 在波涛中分开的群山，
> 远远看来像一串锁链，
> 我们的船只往前行驶，
> 两边的丘陵和平原仿佛朝着船尾逃走……
> 当我们的奔马在河流中央停下，
> 我们相信有一股力量挟着它逆风而上。
>
> ——卢克莱修

中指压住一颗火枪子弹，用食指转动，必须集中心思才承认只有一颗子弹，而在感觉上就是两颗。随时随地可以看到，理性受到感觉的支配，被迫接受理性自身知道和判断是错的印象。

我暂且不提触觉问题。触觉的作用是直接的、强烈的和具体的，它给身体带来痛苦，多少次推翻了斯多葛派的美好的决心，逼得不把腹泻当回事的人大叫肚子痛；那个人曾经下决心抱定这样的信念，认为腹泻跟其他病痛一样都不值一提，圣贤日夜与道德为伴，优哉游哉安闲自得，决不会受丝毫影响。

没有一颗心那么萎靡，听了战鼓号角不会振奋；没有一颗心那么冷酷，听了甜美的乐声无动于衷；没有一颗灵魂那么麻木，看到教堂雄浑宽阔，布置金碧辉煌，听到管风琴低沉的乐声，唱诗班虔诚端庄的歌声，会不感到肃然起敬的。即使当初怀着轻蔑之情进去的人，也会在心里感到震颤和惊恐，不由得怀疑自己的看法。

至于我，听到有人一展美妙年轻的歌喉，悦耳地唱出贺拉斯和卡图鲁斯的诗歌，也会百感交集。

芝诺说得对，声音是美的花朵。有一位法国家喻户晓的人物，给我朗诵他写的诗时，要我知道诗歌写在纸上跟听在耳里不同，我的眼睛会跟耳朵作出相反的评论；作品受到声音的控制，其价值与形式会起巨大的变化。我听了也觉得是这么回事。菲洛克塞努斯对这件事的反应也挺有意思，他听到一个人把他的作品唱得不堪入耳，一生气跳上他的房顶，把瓦片踩碎，对他说："你糟蹋我的东西，我也糟蹋你的东西。"

为什么那些决心一死的人，正当别人应他的要求要给予致命一击时，他又扭转了头？为什么那些自愿要求开刀和烧灼治病恢复健康的人，看到外科大夫准备手术用具时又无法忍受？这是因为眼睛受不了要去分担这份痛苦。这岂不是一些恰当的例子，证实感觉对理性的影响？尽管我们知道这个女人的发辫是向一名宫廷侍从或仆人借来的，这种胭脂红来自西班牙，这种粉霜来自海洋，我们一眼看去，还是毫无情由地觉得她这人更加美艳动人了。可是这里没有一点她自己的东西。

梳妆打扮令人迷惑；金银珠宝掩盖一切，

少女自身则无足轻重。

层层叠叠的饰物下找不到自己所爱；

爱情用富丽的盾牌蒙蔽了我们的双眼。

——奥维德

诗人赋予感觉有多大的力量，他们让那喀索斯疯狂地爱上了自己的倒影。

他迷人的地方也不知不觉让自己迷上；

爱慕的是他，受爱慕的也是他；

依恋的是他，被依恋的也是他；

他点燃的热情烧着了自己。

——奥维德

诗人还让皮格马利翁看到自己雕塑的象牙女像神魂颠倒，当作活人那么爱她，侍候她！

他吻她，相信她也在吻他；

他抱她，感到她的身体在他的手指下软化，

害怕压得她太重，会在她身上留下青肿。

——奥维德

把一位哲学家关进铁丝笼内，高高悬在巴黎圣母院的塔楼顶上，他通过理性可以看到自己是不可能跌下来的，然而若从这么高处往下看，除非是训练有素的屋面修理工，不会不吓得惊慌失措。塔顶的走廊虽用石头堆砌，若砌成镂空的，我们走在上面也很难安心。还有人想到就受不了。在两座塔楼之间架一根横梁，宽度尽够我们通过；没有哪一种哲学智慧，不管如何大无畏，可以灌输你勇气，从容走去如履平地。

我并不是轻易怕高的人。我常在我们的山上锻炼登高，虽然离开悬崖还有一个身高的距离，若不是有意冒险是决不会跌下的，但是看到无底的深渊，没法不吓得两腿发抖。我还注意到，不管山有多高，只要斜坡上有一棵树或一块岩石映入眼帘或隔断视线，就会使我们松口气，给了我们保障，仿佛跌下去靠它就有救似的；但是暴露无遗的陡坡，我们看一眼就会晕头转向："以致往下一瞧就要目眩神摇。"（李维）这说明眼睛是会欺骗的。那位了不起的哲学家①抠去自己的眼睛，免得心灵受到它的愚弄，可以逍遥自在地探讨哲学。

但是，以这个要求来说，还应该堵住耳朵，泰奥弗拉斯图斯说我们天生的器官中耳朵是最危险的，收到的印象十分强烈，会使我们糊涂和三心二意；还应该去掉其他一切感觉——这也是人

---

① 指德谟克利特。

的存在和生命。因为这些感觉都有摆布我们理性和心灵的能力。"某个外表，某人低沉的声音，某支歌，经常严重搅乱我们的心灵；就像一种顾虑，一种害怕，经常也会这样。"（西塞罗）

医生深信，有的人听到某种响声和器具声，会心情激动，甚至发怒。我看到有的人听到餐桌上啃骨头声就会失去耐心；听到锉刀在铁块上发出尖锐的磨擦声，几乎没有人不感到难受的；还有，听到身后有人咀嚼，有人嘎声嘎气地说话，很多人会烦得发火和气恼。

格拉库斯有一名为他定调子的提词员。当格拉库斯在罗马演说时，提词员给主人设计抑扬顿挫的音调，如果音质与节奏不具备左右听众的能力，他的职位不是形同虚设了吗？说实在的，我们这颗好脑袋一有风吹草动便会改变初衷，难免要对判断的坚定性大惊小怪了！

感觉欺骗我们的理解力，感觉自己也受到欺骗。我们的心灵有时会报复；它们尔虞我诈，相互欺骗。我们在怒火中看到和听到的东西，跟实际的不一样。

我们看到了两只太阳，两座底比斯城。

——维吉尔

我们爱的东西看起来要比实际美：

> 因而畸形的丑妇备受宠爱，
>
> 看来也会风光非凡。
>
> ——卢克莱修

我们讨厌的人会比实际丑。在断肠人的眼里，阳光也显得昏黄幽暗。内心的情欲使我们的感觉不但变钝，还会变笨。有多少东西历历在眼前，但是当我们另有所思时就消失不见？

> 那些清晰可见的物体，
>
> 如果不是神情专注去看，
>
> 仿佛存在于非常遥远的绝域。
>
> ——卢克莱修

心灵好像有意隐身匿迹，在嘲弄感觉有多大能力。因而从内心与外感来说，人充满弱点和谎言。

把人生比喻为梦的人是有道理的，或许比他们想的还有道理。当我们做梦时，心灵是活的，在活动，发挥全部功能，同醒时一模一样；当然比较缓慢轻微，但是区别不大，肯定不像黑夜之于白昼，而像黑暗之于阴影：那时是睡，这时是瞌睡，深浅程度不一。这些都是黑夜，基米里人的漫长黑夜。

我们醒时若梦，梦时似醒。我在睡眠中视力模糊，但是在清醒时从不觉得精神十足，毫无睡意。而且沉睡有时会使梦想也睡着了。但是我们醒时不会完全清醒，把幻想赶得无影无踪；幻想是醒者的梦想，比梦想还糟。

我们的理智和心灵接受睡梦中产生的妄想和看法，又把睡梦中的行为和白天的行为等量齐观，为什么我们不怀疑我们的想法和行为只是另一种梦，我们的醒只是另一种睡呢？

如果感觉是我们的主要法官，那也不应该只由我们的感觉作为判断，因为这方面的天赋，动物不亚于我们，甚至胜过我们。可以肯定的是有的动物听觉比人灵敏。有的是视觉，有的是嗅觉，有的是触觉或味觉比人灵敏，德谟克利特说，神和动物的感官神经比人完美得多。他们的感觉与我们的感觉可说是天差地远。我们的唾液可以清洗和愈合我们的创伤，也可杀死毒蛇：

> 物体的品种与差别判若云泥，
> 对某些人是食物，对另一些人是毒药。
> 蛇沾上人的唾液，
> 会扭动身子自咬死去。
>
> ——卢克莱修

那么唾液的功能是什么呢？对人来说还是对蛇来说？这里有两种意义，我们要寻找唾液的真正本质，凭哪一种来确定？普林尼说在印度有一种海鱼，它们对人体有毒，人体对它们也有毒。它们一接触我们就死，那么人与鱼，谁是真正的有毒？我们应该相信谁？鱼相信人，还是人相信鱼？有的空气害人不害牛，有的空气害牛不害人，哪种空气在事实上和从自然来说是有害？生黄疸的人，眼睛看到的东西都带黄的，还比我们看到的淡：

> 生黄疸的人看出来
> 一切都是黄的。
>
> ——卢克莱修

　　还有一种病，医生称为皮下渗血症，谁患这种病看出来的东西都是红的，带血的。这些体液影响我们的视觉功能，不知道在动物中是不是普遍存在？因为我们看到有的动物眼睛发黄，像我们的黄疸病人；有的动物眼睛发红充血。也许物体的颜色对它们跟对我们就是不同，谁能作出真正的判断？因为没有人说过事物的本质只是以人为准的。识别软硬、黑白、深浅、酸甜，对我们、对动物都是有用的，大自然赐给我们、也赐给它们这样的功能。当我们眯缝眼睛，我们看到的东西更长更扁；许多动物的眼睛就是眯缝的。那么这个物体的真正形状是又长又扁的，不是我们眼睛平时看到的那样。我们眼睛从下往上眯，看出的东西就会是双份的。

灯有两团火焰，

人有两个身体、两张脸。

——卢克莱修

如果我们的耳朵给什么东西堵塞，鼻管憋住气，我们听到的声音跟平时不一样。动物的耳朵长毛，中间只有一个小孔，它们听不到我们听到的声音，听到的是另一种声音。我们在节日和剧院里看到，把一块彩色玻璃放在火把前面，这地方的一切东西看起来都是绿的、黄的或玫瑰红的。

这些黄的、红的、铁锈色的幕布，

高悬在大剧场的大柱横梁上，

悠悠飘拂，笼罩在幕布下的一切：

观众、台阶、舞台、元老院议员、

妇女、神像，都沉浸

在流动的色彩中。

——卢克莱修

很可能我们看到动物的眼睛五彩缤纷，只是它们看到的物体颜色而已。

为了判断感觉的活动，岂不是应该首先与动物取得一致，其次我们之间取得一致。我们不去这样做，反而对一个人听到、看到或尝到的东西，凡是与另一人不一样就争论不休；我们还为感觉传导给我们的不同形象争论不休。

在听觉、视觉、味觉上，儿童跟三十岁的人不一样，三十岁的人跟六十岁的人也有区别，这是自然规律，有的人感觉迟钝，有的人感觉敏锐。根据我们是怎样的人，觉得事物是怎样的，我们才有怎样的接受事物的方式。我们的感觉是那么不可靠和有争议，以致有人对我们说我们可以认为雪是白的，但是我们没法证实雪的实质真正是白的，这也是不奇怪的。这个大前提发生动摇，人类的全部认识也必然分崩离析。

就是我们的感觉也是相互牵掣的吗？一幅画在视觉上是立体的，在触觉上是平面的；麝香对嗅觉是一种享受，对味觉是一种折磨，我们说麝香这东西可爱还是不可爱？有的草药和油膏对人体这部分是有益的，对人体另一部分是有害的；蜂蜜味道很美，外观不佳。还有这种镶成羽毛状的指环，纹章学称为"无尾羽"，看了它的宽度没有不受视觉的欺骗的，尤其套在手指上旋转好像感觉到它一头愈来愈宽，一头愈来愈细；然而用手指摸，觉得两头都是一般宽窄。

在古代，有人为了刺激情欲，使用有放大功能的镜子照着要显示的器官，当这些器官忙着时显得庞大，可使他们获得更多的乐趣；但是这两种感觉——看到又大又粗的视觉和感到又小又细的触觉——哪一种更占上风呢？

事物本身只有一种属性，而我们的感觉却使事物有了多种属性么？我们所吃的面包，在我们看来只是面包，但是我们吃了后转化成骨骼、血、肉、毛和指甲：

> 同样，食物分布到全身和四肢，
>
> 在自毁中改变了本质。

——卢克莱修

液汁被树根吮吸后，变成树干、树叶和果实；空气是单一的，通过铜管变成千百种声音。我要说，这是我们的感觉给物体添加五花八门的特性，还是物体本来就是如此丰富？既然有了这样的疑惑，我们对它们真正的本质能作出什么样的解答呢？

进一步来说，既然生病、梦想和睡眠会产生偏差，使事物在我们看来跟健康、智慧和警觉的人不一样。那么处在正常的心态时，我们的自然体液会不会赋予事物另一种特性，引导事物产生偏向，就像不正常的体液一样？我们的健康不是也像我们的疾病，会向事物提供自己的面目？为什么温和节制不会像粗暴过度那样，也使事物蒙上一层虚象，同样印上自己的标志？

伤食的人觉得酒无味，健康的人觉得酒醇和，口渴的人觉得酒甘冽。

我们的心态影响和改变事物，我们就无法知道什么是事物的真情；因为一切东西都是经过感觉的作伪和歪曲而传给我们的。圆规、角尺和直尺不准确，一切用这些工具量的比例、盖的房屋必然也是歪斜的。我们的感觉不稳定，使感觉的一切也不可靠：

> 盖房子，一开头量错尺寸，
>
> 角尺不对准垂直线，
>
> 水平面高低不齐，
>
> 一切都会乱七八糟：
>
> 畸形、扁平、前后倾斜，比例失调；
>
> 有些部分像要倒塌的样子，
>
> 以后因设计错误而倾覆。
>
> 同样，如果感觉错了，
>
> 感觉产生的一切判断也都有误。
>
> ——卢克莱修

说到头来，这些区别由谁来判断呢？就像在宗教辩论时说，必须有一名法官，不隶属任何派别，公正无私。基督徒中间有宗派，就无法做到这点。这件事上也是如此。他若是老年人，就无法评论老年人的看法，因为他是辩论的一方。他若是青年，也是这样；

他若是健康的人，也是这样；病人、睡着的人、醒着的人无不如此。需要一个不处于这些状态中的人，这样他不会计较结果如何，可以判断这些看法时不存偏见。我们需要这样的法官是不存在的。

我们从事物中接受到的是表面，为了对表面作出判断，我们需要一个判断工具。为了检验这个判断工具，我们需要一场论证。为了检验这场论证，我们需要一个工具：我们陷在里面循环不已。既然感觉本身充满不确切性，就不能解决我们的争端，那就需要理性；理性没有另一个理性的验证就不能成为理性，我们永远不停地兜圈子。我们的思想用不到陌生的事物上面；思想是通过感觉的媒介而形成的；感觉不理解陌生的事物，而只理解自己的体验；因而想法与表面不属于事物，只是属于感觉的体验和感受，这种体验和事物是不同的东西；因而谁根据表面去判断，判断到的不是事物，而是其他。

感觉的体验对陌生事物是取其相像的特性而输入心灵的，但是心灵和理解力怎样去肯定这种相像性，既然它们本身对陌生事物毫无直接联系？犹如一个人不认识苏格拉底，看到他的画像就无法说像他还是不像他。

谁不管怎样也要从表面去判断，但也不可能看到所有的表面，因为我们从自身经验知道这些表面矛盾对立，叫人无法得窥全豹。那么他所选择的一部分表面可以概括其他部分的表面吗？第一个选择的表面必须由第二个选择的表面加以证实，第二个又由第三个加以证实，这样永远不会结束。

说到头来，人的实质和事物的实质都没有恒定的存在。我们，我们的判断，一切会消失的东西，都在不停地转动流逝。因而谁对谁都不能建立一个固定的关系，主体和客体在不断地变换更替。

我们与存在没有任何联系，因为人性永远处于生与死之间，它本身只是一个模糊的表面和影子，一个不确定和软弱的意见。如果你决意要探究人性的存在，这无异于用手抓水，水的本性是到处流动的，你的手抓得愈紧，愈是抓不住要抓的东西。因而，一切事物都会经过一个又一个的变化，理性要在事物中寻找一个真正的存在会感到失望，不可能找到存在的和永久的东西，因为一切不是未生还不存在，便是刚生便已死亡。

柏拉图说物体虽然生成，但是从未存在，认为荷马把海洋看作是诸神的父亲，忒提斯把海洋看作是诸神的母亲，这向我们指明一切东西都是流动变化的。他还说在他以前，所有的哲学家都持这样的看法，除了巴门尼德，他不承认东西是流动的，他重视流动的力量。

毕达哥拉斯说一切物质是流动不止的；斯多葛派说现在是不存在的，我们所谓的现在，只是未来和过去的连接点；赫拉克利特说没有人两次进入同一条河流；埃庇卡摩斯说以前借钱的人现在就不欠什么；昨夜接到邀请第二天去午餐的人，今天他去赴约属于不邀而至，因为主人和客人都不再是当时的人，他们变成了另外的人；他们会死亡的肉体不可能两次处于同一个状态，因为通过突变和渐变，肉体一会儿消失，一会儿聚合；它来了，然后又走了。以致任何东西开始出生，但是永远达不到完美的存在，尤其因为生是不会完成的，也不会像到了目的地似的停止不前，就像种子落地，永远在不断地蜕变。

人的种子也是如此，首先在母腹内是一种无形的胚胎，然后是一个成形的胎儿，然后出娘胎成了一个喂奶的新生儿，然后又变成男孩，然后成为少年，然后成人，然后壮年，最后老态龙钟。人生总是如此，后来的岁月否定和摧毁以前的岁月：

> 时间改变世界万物的性质，
>
> 前事必然由后事代替，
>
> 没有东西始终保持不变；
>
> 大自然催生一切，也改变一切。
>
> ——卢克莱修

还有，我们这些人愚蠢地害怕某一种死，其实我们已经经历过、以后还要经历无数次的死。像赫拉克利特说的，火死了产生空气，空气死了产生水，不但如此，我们在自己身上看到的还更清楚。中年过后是老年，青年结束是中年，童年后是青年，襁褓后是童年，昨天迎来了今天，今天又会迎来明天，无物可以长在，保持一成不变的。

如果我们长在，保持一成不变，我们怎么此一时享受一件事，彼一时享受另一件事呢？我们怎么去爱或去恨、去赞美或去指责截然不同的事呢？我们怎么对同样的思想不再保持同样的看法，而产生不同的热情呢？我们自身不改变是不可能有其他的印象的；人接受改变，就不能保持一致；人不一致，原来的人就不存在。于是，这样一种存在，转化成另一种存在，改变的也仅是存在而已。因此，由于不知道什么是存在，就把表面错认为是存在，感觉在本质上是会失误和说谎的。

那么什么是真正存在的呢？永久的东西，也就是说没有开始，没有结束，时间也不给它带来任何变化的东西。因为时间是流动的，仿佛出现在阴影中，带着永远流动飘浮的物质，从不停滞也不长留；属于时间的只有这些词："以前"，"以后"，"从前是"或"以后是"。这些词一眼看出这不是存在的东西；对于还没有存在或者已经停止存在的东西，要说它是存在的，那是极大的愚蠢和明显的虚伪。

至于这些词："此刻"，"眼下"，"现在"，好像主要是通过它们支持和建立我们对时间观念的了解，但是理性在发现时间的同时就毁灭了时间：因为它立即把时间切割成未来和过去，好像要看到它分成两份才会甘心。

自然也是这样的情况，时间是测定自然的，自然是被时间测定的。自然中也没有东西是永久存在的，里面的一切不是已生，便是正在生或正在死。上帝是唯一存在的，因而说上帝以前或以后怎样，这是罪恶。因为一切不能长在、不能存在的东西有变化、过渡或嬗变，这些词是针对它们而言的。

从而可以得出这样的结论，上帝是唯一存在的，不是按照时间的测定，而是按照一种不由时间测定、不受变化、不移不动的永恒而存在。在上帝面前，什么都不存在，以后也不存在，无所谓更新或更近。一个真正的存在，只有一个"现在"，充满宇宙千古不易；除了上帝以外，无物是真正存在的，没有人可以说"他以前"或"他以后"。他是无始无终的。

一名异教徒得出了这么一个宗教性的结论。我要再加上一名同样情况的证人所说的这句话，结束这篇令人生厌，却引起我无穷遐想的长文："人若不超越人性，是多么卑贱下流的东西！"

这是一句有价值的话，一种有益的期望，但同样也是无稽之谈，因为拳头要大于巴掌，伸臂要超出臂长，希望迈步越过两腿的跨度，这不可能，这是胡思乱想。人也不可能超越自己，超越人性：因为他只能用自己的眼睛观看，用自己的手抓取。只有上帝向他伸出特殊之手，他才会更上一层；只有他放弃自己的手段，借助纯属是神的手段提高和前进，他才会更上一层。欲图完成这种神圣奇妙的变化，依靠的不是斯多葛的美德，而是我们基督教的信仰。

《国民阅读经典》已出书目

朝花夕拾（典藏对照本）鲁迅原著　周作人解说　止庵编订
　　定价：16 元

金刚经·心经释义　王孺童译注　定价：38 元

中国哲学史大纲　胡适著　定价：34 元

大学中庸译注　王文锦译注　定价：24 元

圣经的故事　[美]房龙著　张稷译　定价：35 元

乡土中国（插图本）费孝通著　定价：19 元

道德经讲义　王孺童讲解　定价：20 元

毛泽东诗词欣赏（插图典藏本）周振甫著　定价：26 元

歌德谈话录　[德]爱克曼辑录　朱光潜译　定价：26 元

梦的解析　[奥]弗洛伊德著　高申春译　车文博审订　定
　　价：36 元

东西文化及其哲学　梁漱溟著　定价：27 元

坛经释义　王孺童译注　定价：29 元

诗经译注　周振甫译注　定价：42 元

老人与海　[美]海明威著　刘国伟译　定价：19 元

常识　[美]托马斯·潘恩著　余瑾译　定价：18 元

呐喊（典藏对照本）鲁迅原著　周作人解说　止庵编订　定
　　价：28 元

彷徨（典藏对照本）鲁迅原著　周作人解说　止庵编订　定

价：21 元

给青年的十二封信　朱光潜著　定价：16 元

名人传（新译新注彩插本）[法]罗曼·罗兰著　孙凯译　定价：22 元

查拉图斯特拉如是说　[德]尼采著　黄敬甫、李柳明译　定价：36 元

经典常谈　朱自清著　定价：20 元

中国历史研究法　中国历史研究法补编　梁启超著　定价：32 元

采果集　流萤集（插图本）[印度]泰戈尔著　李家真译　定价：19 元

一九八四　[英]乔治·奥威尔著　余瑾译　定价：27 元

动物农场　[英]乔治·奥威尔著　余瑾译　定价：22 元

庄子浅注　曹础基著　定价：48 元

三国史话　吕思勉著　定价：23 元

菊与刀　[美]鲁思·本尼迪克特著　胡新梅译　定价：28 元

君主论　[意]马基雅维利著　吕健中译　定价：28 元

法国大革命讲稿　[英]阿克顿著　高望译　定价：34 元